Pascal Ravier

Chemins de traverse

Les travers du chemin

MonHélios
roman

Dessins : Baptiste Ravier

© Mon Hélios • 10, avenue de l'Église-Saint-Joseph • F-64000 PAU
Adresse de correspondance : 1, rue d'Aquitaine • F-64000 PAU
09 77 65 21 17 / 06 81 44 25 12 • monhelios@wanadoo.fr
www.monhelios.com

ISBN 978-2-37895-028-6 • ISSN 1778-462X (Littératures pyrénéennes)

Ma vie est interdite, disent les autorités...
courir est mon destin...
Manu Ciao, clandestino.

Prologue

De nos jours, des populations fuient la détresse, leur vie de ruine, la guerre et les dictatures.

Pas une journée, pas une information sans évoquer des « migrants » qui, clandestinement, aspirent à gagner l'Occident en quête d'une existence sans doute meilleure. Agglutinés sur des embarcations de fortune, ils atteignent parfois au péril de leur vie, les côtes italiennes entre les mains de passeurs profiteurs et peu scrupuleux. Certaines « coquilles de noix » n'abordent même pas ces plages de l'espoir, condamnées à des naufrages dramatiques... La mort, le désintérêt général rôdent au sud de l'Europe.

Dans les années à venir, les changements climatiques provoqueront inévitablement des migrations, des voyages forcés.

Un chemin de traverse sinueux qui refuse une issue inexorable.

Un chemin de traverse bordé de détours, semé de pièges, infesté d'embûches.

Un chemin de traverse qui contourne une difficulté.

Un chemin de traverse, une fuite. Un ailleurs.

Au cœur des pages à venir, la ligne de vie de nos héros demeure tortueuse, souvent torturée. Une existence suspendue aux fils ténus d'une destinée déviante.

Une vie, une survie, en marge, à l'abri.

Dictée par la différence, l'indifférence, la haine de l'autre, la bêtise ou l'absurdité des conflits.

Leur situation s'apparente bien vite à une réclusion, une migration, choisie ou imposée. Une marginalité.
Inéluctable.

Dès la Préhistoire, l'homme est soumis au voyage migratoire.
Tout d'abord à la poursuite du feu entraînant avidités, haines et escarmouches instinctives. Le feu, gage de bienfaits et de progrès. Le feu, sources de luttes intertribales. Inévitables.
Ensuite à la recherche de subsistances, de contrées à explorer, de bêtes à chasser ou de lieu de vie à établir. Élire domicile sur des terres de bien-être.
Également les êtres vivants subissent-ils les variations climatiques au travers des siècles.
Les époques de glaciation articulées autour de la réclusion des peuples succèdent aux périodes de réchauffement, synonymes de fuite vers le nord, à la traque de rênes, de bisons ou tous autres cheptels nourriciers. Des chemins de vie.

Depuis toujours, les Touaregs, nomades sahariens, parcourent des distances conséquentes à dos de dromadaires à la recherche de points d'eau susceptibles de faciliter la vie familiale. On s'installe ici avec femmes et enfants, replante le campement ailleurs. À l'écoute des saisons. À l'abri des périodes de sécheresses, au gré des pluies bienfaitrices...
L'homme sédentarisé, territorialisé et désormais installé, s'accoutume au voyage saisonnier explorant une nature propice aux besoins des troupeaux, à la convenance du cercle familial. Le pâtre quitte alors la maisonnée pour quelques mois afin d'effectuer une transhumance.
Un mode de vie ancestral dans certaines régions montagneuses du globe.
Dans l'Atlas marocain, les *azibs*, bergeries d'altitude, deviennent des résidences d'été, au cœur de pâturages verdis où hommes et bêtes aiment à se ressourcer. Des quartiers estivaux. Des lieux de quiétude.
Les plaines mongoles, vastes steppes à la végétation rabougrie, accueillent les éleveurs et leurs familles au gré des saisons

et de leurs aléas. Ainsi sont transportés leurs quartiers de campement qui se déplacent au fil du temps.

Au cœur de la cordillère pyrénéenne ou dans toutes autres zones de montagnes, le gardien de troupeaux s'exile dans les estives à la fin du printemps, en charge de plusieurs centaines de têtes de bétail, propriété de plusieurs éleveurs.

La traite des peuples d'Afrique Noire traversant la Mer océane. Entassés, enchaînés au fond des cales de bateaux délabrés, ces esclaves sont un exemple criant de migration forcée vers les champs de coton, de cannes à sucre du continent américain nouvellement découvert. Des familles entières, réduites à la soumission, à la domination de la race blanche, pendant des décennies. Une main-d'œuvre nombreuse. Une servitude établie.

L'homme, migrant économique, itinérant cupide à la traque de richesses, vers le « Nouveau Monde ». Une traversée maritime à la quête d'une hypothétique fortune.

À travers la mobilisation générale, ces millions de soldats, futurs poilus, peu entraînés, une « chair à canon » enrôlée dans l'armée, appelée à combattre au front.

Ces jeunes gens contraints d'aller travailler en Allemagne pendant la Seconde Guerre mondiale dans le cadre du Service du travail obligatoire.

Dans le même temps, ces Français du refus contestant l'occupant, enclins à des actes de résistance.

Ces six millions de Juifs, Tziganes engoncés dans des wagons à bestiaux, errant vers les camps de la mort aux confins de l'Europe.

Le migrant choisit de quitter sa terre pour des raisons diverses. Il est considéré comme immigré dans son pays d'accueil en attente de régularisation de son statut.

Le réfugié fuit son pays dans lequel sa survie est menacée, en attente d'un éventuel droit d'asile.

Le clandestin mène une existence en marge ou en violation des lois.

Quelqu'un qui, sous l'Occupation ennemie, participe à des actions de résistance.

Le thème évoqué au fil de ces pages tourne autour de la clandestinité, de la déviance ou de la désobéissance.

Un sujet sensible, au cœur d'une triste actualité.

Clandestins, cachés, réfugiés, fugitifs, déplacés, migrants... Autant de termes qui ont traversé l'histoire avec une rageuse impression d'impuissance, un sentiment d'incompréhension et une bonne dose d'injustice.

Autant de références, mémoires des heures sombres de notre existence.

On se méfie du déviant, de celui qui est en marge, de l'étranger...

De celui qui affiche une diversité. L'Autre.

Au cœur des courts écrits suivants, la plupart des héros n'ont pas choisi leur situation. Beaucoup la subissent. Victimes de guerres, de conflits, de barbarie, d'indifférence ou de délation, ils se mettent à l'abri... On les met à l'abri.

Les fictions sont tirées de faits réels alimentés par le quotidien de l'époque. Mais parfois, l'imaginaire bouscule la réalité.

Des existences marginales, secrètes, recluses.

Des lignes divergentes à l'encontre des dispositifs établis. Des décisions parfois prises au péril de la vie.

Refuser le renoncement ou la soumission.

Quitter volontairement ou non le quotidien, le droit chemin.

Emprunter des chemins de traverse.

Ramounet, berger, guide* « improvisé » de Monsieur Duteuil pour une ascension improbable, vit clandestinement ce statut

* À l'origine, les guides amenaient les touristes en montagne ; c'était souvent des bergers qui connaissaient parfaitement les lieux. Au milieu du dix-neuvième siècle, quelques villages ont créé leur propre compagnie. La famille Passet de Gavarnie, Marc Sesquet, Bastien Teinturier de Gèdre, Clément Latour, Jean-Marie Bordenave de Cauterets et bien d'autres... comptaient parmi les plus actifs. De nos jours, le métier de guide a beaucoup évolué.

à l'insu des habitants de La Séoube, hameau pyrénéen. Le seul récit dans lequel la déviance n'a pas directement la guerre pour origine.

Lucien, jeune mobilisable ne veut pas entendre parler de la Grande Guerre et de sa bêtise. Il part se cacher en montagne non loin de son village d'Esparros. Il déserte et refuse de devenir « une chair à canon » envoyée aux champs d'honneur.

Juan, son frère et sa sœur fuient seuls, de nuit, au péril de leur vie, le petit village aragonais de Bielsa avant l'attaque imminente des troupes ennemies. Le passage de la frontière à pied, dans la neige sera leur salut.

Léon assiste des hommes du refus, des résistants cachés dans le maquis de la vallée de Nistos dans l'attente d'un parachutage d'armes et de nourriture destiné à contenir la progression des milices allemandes.

Les textes proposés sont liés à des faits précis, constatés entre la fin du XIXe siècle et le milieu du XXe.

Voici donc contées chronologiquement quatre petites histoires survenues au cœur de la chaîne des Pyrénées. Imaginés ou remaniés, ces écrits sont calqués sur la réalité historique. Dans chacun sont évoqués les douloureux moments de certaines périodes, témoins de la condition de populations minoritaires durement éprouvées par la vie et ses tourbillons.

Raviver la flamme du souvenir. Un devoir de mémoire.

Hommes et peuples des marges qui empruntent des itinéraires peu singuliers. À l'abri du conformisme. Des chemins de traverse.

1
Monsieur Duteuil

*C'est la gloire des voyageurs de concevoir les entreprises ;
c'est la gloire des guides de les exécuter.*
Louis Ramond de Carbonnières.

En cette chaude nuit de fin de printemps 1873, Monsieur Hubert Duteuil arriva à pied, baluchon sur l'épaule à l'entrée du village. Chargé de matériel, rempli d'ambitions, habité d'interrogations, il souhaitait mener à bien un projet ancien et osé.

Atteindre la cime de l'Arbizon* par le nord, via les estives de Payolle et les cabanes de Camoudiet**. Une affaire risquée, peu commode, mais à coup sûr une course de premier ordre.

Cependant, ses expériences concluantes des saisons précédentes le confortaient dans ce choix. Originaire de Limoges, repus des bassins de cure, il avait en effet conquis de fiers sommets au départ de son nid thermal de Cauterets. Il avait choisi de parcourir la montagne et d'épingler à son palmarès des *premières touristiques*, des ascensions non encore réalisées par des estivants, étrangers aux contrées pyrénéennes.

---

* Montagne réputée de la haute Bigorre entre les vallées d'Aure et de l'Adour. D'une altitude de 2831 mètres, elle possède un panorama très étendu de tous côtés. Elle compte de nombreuses voies d'ascension parfois délicates.

** Groupe de granges situé non loin de la route de la hourquette d'Ancizan, au départ de la voie d'ascension de l'Arbizon par le Nord... Haut lieu du pastoralisme en haute vallée de Campan.

Le trajet avait été parsemé d'embûches pour atteindre La Séoube, petit village de la haute vallée de Campan, blotti sous le col d'Aspin et arrosé par les eaux naissantes de l'Adour. Des hameaux de granges regroupées autour de parcelles entretenues à flanc de soulane. Les habitants s'accommodaient de rusticité. L'agriculture, l'élevage, les coupes de bois constituaient l'essentiel de leur existence. Une vie en autarcie.

La journée de marche s'achevait et le jour déclinait.

Accablé de fatigue, assailli de douleurs musculaires, Hubert laissa tomber son barda et s'endormit sans mal au bord d'un pré, non loin des premières maisons. Il était arrivé à destination.

Une halte dans son périple. Un repos nécessaire. Le lendemain, il se mettrait en quête de renseignements sur *son* sommet. Les gens du cru seraient sans doute de bons conseils...

Emboîtant le pas des populations autochtones, des *gens de la Terre* en quête de subsistances et d'une existence meilleure, la génération suivante fréquente l'altitude pour bien d'autres raisons.

L'exploration des montagnes est affaire d'aventuriers intrépides aux intentions diverses et variées. Qu'elle soit scientifique, naturaliste, militaire, sportive ou simplement individuelle, la conquête de la Cordillère pyrénéenne est florissante. Elle débouchera, bien des années plus tard sur les prémices de l'industrie touristique... L'activité ski occupant une part prépondérante.

La nuit fut calme, paisible. Hubert s'était assoupi, sans même prêter attention au grondement des eaux gonflées de l'Adour toute proche. La chaleur des premiers rayons de soleil, les nuées de mouches pressantes l'extirpèrent de sa torpeur. Il comprit qu'il avait beaucoup dormi malgré la simplicité de son couchage : le rebord d'un fossé à l'orée d'un champ à l'herbe bien grasse.

Des bruits de-ci de-là ; le village, lui aussi s'éveillait. Des cris d'enfants et des aboiements attirèrent son attention. Il vit, se rapprochant de lui, quelques vaches aux sonnailles animées, menées par un garçon. L'accompagnant, son fidèle chien respectait sa mission : aligner les bêtes avant qu'elles ne se dispersent. Son rôle, le labrit le connaissait à merveille : titiller chaque animal, en lui mordillant la base des pattes pour lui éviter de s'éloigner du reste du troupeau.

Ils se croisèrent du regard. Le jeune homme acquiesça un large sourire que lui rendit bien volontiers Hubert.

« Bonjour Monsieur.

— Bonjour petit, de bien belles bêtes que tu as là.

— Ce sont des Gasconnes, elles mangent beaucoup, je les change de pré. Elles manquent d'herbe.

— Ce n'est pas la saison des estives ? Elles sont encore au village ?

— Cette année, les pâtures de Camoudiet ont gardé la neige longtemps, il faut attendre que les herbes se redressent ; elles monteront d'ici quelques jours pour la transhumance, avec un mois de retard.

— Que de travail !

— Oui, vous n'êtes pas du coin ? Votre accent !

— Je m'appelle Hubert, Hubert Duteuil ; je suis de ceux que vous appelez un *touriste* ; je viens du centre de la France et j'aime me ressourcer dans les Pyrénées.

— Je suis Raymond Soucaze mais on m'appelle Ramounet, ça veut dire *petit Raymond.*

— Et bien enchanté Ramounet, sais-tu où je pourrais trouver des informations sur le versant nord de l'Arbizon ? J'ai déjà gravi le pic du Midi, pour la vue. Je cherche aussi un guide. »

L'époque est marquée par l'essor du thermalisme. Dans chaque vallée, les stations aux eaux revigorantes accueillent des populations souvent aisées, à la recherche de soins et de villégiature. Les plus intrépides, parfois des aristocrates fortunés, ressentent un besoin d'évasion. Une fuite de mondanités.

Acoquinés de solides guides locaux, ils arpentent les hauts sommets par leurs versants modérés puis se lancent au fil du temps dans une conquête plus acrobatique. La naissance du pyrénéisme*.

Raymond, dont le visage s'était fermé, changea d'attitude ; il était comme pétrifié. Depuis tout jeune, il avait entendu des histoires sordides sur cette montagne qui dominait la vallée : des précipices, des troupeaux ensevelis sous des coulées de neige ou de pierres. Des touristes disparus, sans doute morts. Bref, rien n'incitait à la visite.

Il se ressaisit.

« L'Arbizon... Impossible. Personne ne vous accompagnera là-haut, c'est un endroit hanté, inaccessible et dangereux ; la mort y rôde. Certaines nuits, elle descend jusque vers chez nous. C'est un monstre sournois, un traître. »

Ramounet resta évasif sur le sujet tout en optant sur la dissuasion...

Hubert se doutait de cette réaction. Elle ne l'étonna pas. Les villageois craignaient les catastrophes qui pouvaient survenir dans la montagne. Certains d'entre eux n'étaient pas revenus. Le mauvais esprit régnait sur un monde minéral austère.

À la chaleur des cheminées à la veillée, devant les maisons l'été revenu, les familles se réunissaient ; il était souvent question d'histoires anciennes, de légendes rapportées, mêlant diables et démons, *brouches*** et créatures en tous genres. Les anciens contaient des récits d'épouvantes, des événements tragiques qu'ils tenaient des générations précédentes. Une transmission orale.

Aussi cette mauvaise réputation, ces rumeurs se transmettaient-elle au fil du temps, souvent exagérées. En plus, les « locaux » voyaient d'un mauvais œil ces *étrangers* de la ville s'attaquant à *leur* montagne.

---

* Terme employé pour la première fois par l'historien des Pyrénées Henri Beraldi en 1898. Il consacra sept volumes à l'histoire de nos montagnes : *Cent ans aux Pyrénées*. Se définit comme la pratique des activités sportives de montagne dans les Pyrénées et un mode de pensée.

** Sorcières, *brujas* en espagnol.

Hubert avait entendu parler de comptes rendus d'ascensions avortées, d'éboulements, d'esprits maléfiques, de déchaînements des éléments. On disait que là-haut, la foudre y cognait fort, attirée par les schistes ferrugineux, que les grondements du tonnerre étaient assourdissants.

Pourtant, il se sentait aimanté par cette montagne. Une fascination qu'il ne pouvait lui-même expliquer.

Devant la réaction de Ramounet, il changea de sujet, décidant de tâter le terrain progressivement. Il n'était pas pressé.

« Sais-tu où je pourrais me restaurer un peu, trouver un gîte pour la nuit ? Je n'ai rien mangé depuis deux jours et pas très bien dormi.

— Mon oncle Henri tient l'Hostellerie du col d'Aspin, à trois kilomètres d'ici, à Payolle ; une fois les bêtes parquées à Pradille*, je vous conduirai à bon port. »

Hubert était surpris par la façon dont ce Ramounet, mal fagoté, accompagné de vaches et d'un chien vif s'exprimait de façon limpide et en bon français. Malgré un accent prononcé, chantant, le vocabulaire employé, les tournures de phrases contrastaient avec la rudesse de la vie qu'il avait l'air de mener. Il devait avoir quatorze ans peut-être quinze.

« C'est gentil à toi. Je vais te suivre si ça ne te dérange pas.

— Bien sûr que non ; vous marcherez derrière le troupeau. Faites attention au chien, il est un peu nerveux quand il mène les bêtes... »

Raymond venait d'avoir son certificat d'études et sa maîtresse, Madame Crampe, le considérait comme un élève brillant et curieux de tout. Elle voulait le pousser à continuer une formation en ville, à Bagnères ou à Tarbes. Selon elle, il pouvait bien réussir dans l'administration, dans l'enseignement comme elle, ou bien dans l'armée...

---

* Groupe de granges situé au-dessus de Payolle accueillant de nombreux troupeaux, l'été.

Il aurait sans doute du mal à quitter les bancs de l'école de la Séoube, l'odeur si particulière de la craie et des vieux meubles. Des dix-sept élèves de cette classe, Raymond était le plus âgé, celui qu'on écoutait, qu'on craignait aussi. Il organisait les jeux aux récréations, gérait les disputes et apportait son savoir aux plus jeunes. Un modèle respecté.

Pour de nombreux enfants de ces villages, l'école était le lieu des rencontres et de la connaissance. On y apprenait beaucoup de choses certes, mais elle permettait d'échapper aux durs travaux du quotidien.

Ramounet, comme ses camarades participait à la vie de l'exploitation familiale. Tôt le matin, avant la classe, il nourrissait les bêtes, surtout lorsqu'elles restaient à l'étable à l'abri des rigueurs de l'hiver. Puis la traite, deux fois par jour. À la belle saison, les labeurs de début d'été l'attendaient. Le fauchage des prés en pente, les foins, la transhumance.

Le reste du temps – il en avait peu – était consacré à l'écriture, à la lecture ou à la rêverie ; il aimait arpenter les hauteurs de La Séoube en quête de plantes, insectes ou gibier, s'asseoir sous un bouleau en compagnie d'un livre.

Sa mère n'était pas sûre de supporter son départ à la ville. Elle avait besoin de bras pour le fonctionnement de la ferme. Ses frères jumeaux en bas âge donnaient de l'ouvrage et les journées de leur maman étaient fort longues. Raymond le savait et aidait à la bonne marche du foyer comprenant que le reste de son existence se trouvait sans doute ici, dans ce fond de vallée reculé. Mais dans l'immédiat, le temps était à la préparation des travaux d'été.

Le troupeau connaissait parfaitement le sentier de Pradille. Une fois traversé le torrent de l'Adour par le pont de bois, le chemin charretier s'élevait en pente douce à travers la hêtraie jusqu'au plateau. Là, les bêtes seraient rassasiées en attendant de retrouver l'estive, son herbe grasse gorgée d'eau et de vitamines. Un vaste enclos était délimité par des lauzes quillées dans la terre. Ces larges pierres plates servaient également de couverture de toit pour les habitations, tout comme l'ardoise.

« Je reviendrai ce soir pour la traite de certaines, on peut maintenant se rendre à Payolle chez mon oncle Henri.

— Je te suis, du moins j'essaie... »

Ramounet déambulait à travers les sous-bois, les taillis, les pentes d'herbe avec une facilité déconcertante. Depuis son enfance, il en était ainsi. Courir la montagne, en déjouer les pièges, en savourer la beauté. Naturellement. La vie austère des villages offrait les atouts d'un monde calme, préservé et insouciant.

Hubert, pourtant bon marcheur, enduré par plusieurs semaines d'ascensions, éprouvait les pires difficultés à suivre le rythme rapide et insolent du jeune homme.

« Quelle endurance ! C'est encore loin l'auberge de ton oncle ?

— Quelques minutes... Le plateau Saint-Jean* est en vue, là, en bas. Il ne nous reste plus qu'à descendre. »

Le lieu dominait de son étendue encore verte le hameau de Payolle. Seulement une dizaine de *bordes*** disséminées au pied du col d'Aspin. Une végétation maigre balayée par les vents venus de l'océan. Genêts, bruyères, rhododendrons souffreteux... Le site apparut à Hubert dans toute sa splendeur. À la fois grandiose et austère. Petit Raymond avait dit vrai ; ils furent bientôt arrivés à destination.

La bâtisse, plus grande que les autres, occupait l'espace entre l'Adour et le chemin de terre du Col d'Aspin. Une vaste maison pyrénéenne agrémentée d'une grange à l'ouest, protégeant des vents dominants. À la grande surprise d'Hubert, l'endroit semblait fréquenté. Quelques touristes franchissaient le col pour continuer leur périple en vallée d'Aure, opulente région

---

* Grande étendue au-dessus de Payolle qui accueillit, en février 1908, la première compétition de ski dans les Pyrénées organisée par Louis Le Bondidier.

** Nom donné aux granges ou aux cabanes. Leurs noms varient en fonction des lieux ou des vallées : *courtaous, cayolars, orrys...*

voisine. Les locaux y montaient à dos de mulets ou de chevaux pour assister à la foire du jeudi à Arreau, acheter ou vendre leurs produits. Un commerce local, indispensable. Vital.

Il n'aurait jamais imaginé que ce large passage constituait une voie de communication essentielle. Lui ne fréquentait pas les marchés. Il n'avait qu'une idée en tête... L'ascension de l'Arbizon par le nord, une obsession.

« Bonjour, Oncle Henri, j'ai rencontré Monsieur Duteuil par hasard, au bord du chemin. Il souhaiterait manger quelque chose et se reposer un peu. Il te reste des chambres ?

— Bonjour petit, qu'il entre. Les bêtes sont à Pradille ? Elles ont de quoi ?

— Oui, j'irai les traire ce soir en redescendant aider Maman à la maison. »

Hubert entra, surpris de la large carrure de l'hôtelier. Un homme souriant au teint hâlé et au visage émacié, barré par une large moustache brune. Il devait avoir une cinquantaine qu'il portait parfaitement.

« Monsieur Duteuil, bienvenue. Soucaze, Henri Soucaze, le père de Raymond était mon frère. Tué par une balle perdue sur un champ de bataille quelque part dans l'Est lors de cette foutue guerre*. Il n'est jamais revenu. Depuis, ma belle-sœur vit dans l'attente de sa dépouille. Alors j'essaie de la seconder. On ne chôme pas. Mais je parle trop, vous devez avoir faim. Installez-vous.

— Merci, Monsieur Soucaze. »

Hubert comprit alors que l'absence du père obligeait Ramounet à effectuer de nombreuses tâches quotidiennes, au-delà de son travail à l'école.

---

* Il s'agit de la guerre de 1870 contre la Prusse. En un mois, l'armée française fut défaite. Napoléon III se rendit à l'ennemi tandis que la République était proclamée. Les troupes prussiennes occupent tout le nord de la France, du Rhin à la Loire et Paris est encerclée. La France capitule et doit payer une lourde amende au vainqueur. Suivra une année de troubles dans notre pays avec la Commune en 1871.

Il sentait son ventre gargouiller et les effluves de garbure laissaient penser que l'heure du repas approchait. La soupe, l'unique plat local.

Les autres pensionnaires s'apprêtaient à se restaurer. Hubert, curieux de tout, fit un tour de la pièce. Quelques grandes tables en bois massif pouvaient accueillir de nombreux convives. Ils se plaçaient où bon leur semblait. Peu se connaissaient mais se croisaient de temps à autre chez l'oncle Henri.

Des commerçants tentant d'écouler leurs marchandises dans les vallées côtoyaient les maquignons. Des vendeurs de bétail, toujours à l'affût de la bonne affaire... Parfois à la limite de l'honnêteté. Leurs bêtes restaient parquées dans une étable prévue à cet effet.

Des touristes voyageaient à travers les Pyrénées et le col d'Aspin était un passage obligé pour continuer leur périple. Enfin, les ouvriers de la carrière de marbre d'Espiadet toute proche avaient pris l'habitude de séjourner là pendant les mois d'été. Le marbre de Payolle, extrait des flancs d'une colline proche, était acheminé par charrettes à Bagnères d'où les eaux de l'Adour les charriaient jusqu'à l'Atlantique sur des radeaux. Fierté locale, cette richesse avait servi d'ornement à la Galerie des Glaces et au Trianon de Versailles... De nombreux villageois vivaient de l'exploitation de cette manne naturelle. Cependant en hiver, la neige et le froid rendaient le fonctionnement de l'activité impossible.

Hubert affamé et fatigué s'attabla à l'une des places encore libres. Son choix était limité, des clients étant déjà assis dans cette grande salle au fond de laquelle trônait un trophée, une imposante tête d'ours empaillée. « Sans doute un mâle », pensa-t-il.

Il dévora le plat unique, classique et nourrissant. Cette fameuse garbure que l'oncle Henri avait l'habitude d'agrémenter de lard et de saucisse. Les haricots, le chou et les carottes avaient mijoté plusieurs heures. Un bon en-cas pour la journée du lendemain. Chaque tablée avait droit au seul breuvage de proximité, le vin rouge de Madiran issu des vignes du nord du département.

Une fois le service accompli, Henri vint discuter avec l'étranger. Il connaissait son projet. Ramounet lui en avait touché deux mots.

« Alors comme ça, vous voulez monter là-haut ? En cette saison, la neige occupe tout le nord du cirque ; le danger est partout et on n'ose pas même y monter les bêtes, on a peur qu'elles sautent des barres. »

Le nom même de l'Arbizon n'était pas prononcé, Hubert l'avait constaté dès son arrivée. Un mot banni des conversations.

« Cette montagne me fascine, répondit simplement Hubert, désorienté. Je sais que Monsieur Frossard* y est monté. »

« Là-haut » disait-on, et « là-haut » planait le malheur. En bas, dans la vallée, sur le verdoyant plateau de Payolle, les regards ne s'élevaient guère vers les hauteurs schisteuses de la montagne convoitée. Comme un interdit.

L'ascension des sommets, l'exploration de terrains inconnus n'intéressaient pas les autochtones. Leur quotidien était tracé : habiter la montagne, la faire vivre tout en assurant la subsistance des familles. Les travaux étaient rudes et variés : le pastoralisme, l'entretien des champs, les marchés. La vie était difficile. L'hiver, le village s'endormait sous une épaisse couche de neige ralentissant l'activité. Hommes et bêtes s'organisaient pour affronter la mauvaise saison. Parfois, lorsque le manteau blanc se fragilisait, l'avalanche emportait des granges. Le bois coupé à l'automne, savamment rangé, chauffait les maisons et alimentait les cuisinières. Les bergeries, les étables se trouvaient au rez-de-chaussée, les familles logeant à l'étage. La chaleur des bêtes conjuguée à celle de la cheminée assurait un

* Émilien Frossard 1829-1896). Pasteur et dessinateur, il monte aux pics d'Enfer en 1870 et en 1871, il réussit l'ascension du versant nord de l'Arbizon. Il participe à la création de l'observatoire du pic du Midi de Bigorre.

certain bien-être à la famille. Les soirées d'hiver semblaient longues, et, après la traite, chacun se retrouvait au coin du feu...

Hubert connaissait la rudesse de ce milieu. La discussion avec L'oncle Henri ne s'éternisa pas. Une fois avalée la tourte locale, dévoré le fromage de brebis de la vallée, il prit congé et monta se coucher. La chambre était sommaire mais suffisamment agréable ; il s'était habitué à des conditions bien plus dures au cours de ses périples précédents.

Il avait prévu de se lever tôt pour aller flâner « là-haut » accompagné de son idée... Il voulait visiter les lieux pour reconnaître une voie d'accès.

Allongé dans un lit des plus confortables, il s'endormit instantanément. Cette nuit-là, son sommeil fut agité ; des insomnies ; des rêves, plutôt des cauchemars. Des éboulements, des chutes interminables, des avalanches, des tempêtes... Tout ce qu'il avait entendu sur ce versant nord de l'Arbizon lui aurait peut-être embrumé l'esprit. À plusieurs reprises il se réveilla sursautant, en sueur.

Fatigué, tout autant que sa nuit précédente à la belle étoile, il déjeuna le premier dans la grande salle. Le jour se levait et l'oncle Henri était affairé à la cuisine. Il avait déjà donné un coup de main à la traite bien plus tôt. Visiblement, il n'avait guère envie de reparler à Hubert de son projet. Juste des banalités.

« Le temps est au beau, une bien belle journée de printemps que nous allons avoir !

— Oui, c'est magnifique, je vais aller me dégourdir un peu les jambes aujourd'hui, vers les cabanes de Camoudiet et le lac d'Arou. »

Henri, qui n'était pas dupe, savait fort bien ce qu'Hubert allait faire là-bas... Il n'insista pas.

« J'ai du travail, bonne journée et à ce soir cher Monsieur Duteuil.

— Merci à vous et bonne journée. »

Hubert sentait les conversations se réduire au politiquement correct. Il quitta l'auberge sous un soleil pointant le bout de son nez. Il faisait frais et du givre occupait encore les berges de l'Adour. Il prit le chemin de Camoudiet, granges pastorales situées à une heure trente de marche. Il avait hâte de découvrir le versant qu'il convoitait. Arrivant rapidement aux constructions rustiques, il se restaura dans l'une d'elles. Elle était ouverte offrant au visiteur de passage un abri sommaire mais suffisant. Elle servait surtout aux bergers qui passaient l'été là, à surveiller les troupeaux et les suivre à travers les estives. Ici, la pierre et les toits de lauzes attendaient le saisonnier. Un pâtre vivrait là plusieurs mois, au milieu des bêtes, avec ses chiens. Au-delà, la vallée s'ouvrait et après une rude montée, Hubert découvrit un petit étang d'altitude, d'une faible surface, le lac d'Arou. Le point de vue s'était réduit et seul le versant nord de l'Arbizon fermait le paysage. Son regard était imprégné de cette muraille austère ; des rochers sombres, des éboulis énormes, des brèches profondes, des couloirs abrupts. À quelques encablures du lac, de vagues traces de sentiers étaient masquées par des pentes neiges encore bien présentes.

Il fallait aller voir de plus près. Très vite, il rencontra les premiers névés. Au départ, il évoluait facilement, marquant la neige de traces profondes que le soleil, déjà haut, ramollissait rapidement. Au bord du lac, réservoir d'eau discret dont les berges n'avaient pas dégelé, il se restaura sans quitter son futur objectif du regard. L'ombre recouvrait tout le versant. Les pentes semblaient moins avenantes mais Hubert, déterminé, souhaitait continuer un peu. Il entama l'ascension du ressaut menant du cirque nord. Il faisait froid. Ses traces se faisaient moins franches ; il était convenablement chaussé mais commençait à glisser, ce qui ralentissait son allure. Il avait atteint les premiers affleurements rocheux. Sans prêter attention au danger, sans prendre en compte sa technique rudimentaire, Hubert continuait sa progression.

Il arriva au pied de raides parois noires et devina à droite un cheminement qui laissait envisager d'une sortie vers le haut... Il s'y engagea, malgré le temps qui passait, la neige qui durcissait et les premiers rochers à gravir. Jamais au cours de ces excursions précédentes, il n'avait connu ce sentiment d'immensité, de solitude et d'une certaine inaccessibilité.

D'un tempérament peu inquiet, il continuait son chemin... Sans se soucier de la raideur de la pente ni des difficultés à venir, Hubert voulait en voir davantage au mépris du risque et des nuages qui commençaient à s'amonceler derrière les crêtes. Le vent forcissait et soufflait désormais en fortes rafales. La progression devenait difficile ; Hubert, courbé sous la force du vent, éprouvait de plus en plus de difficultés à avancer ; il trébuchait, suffoquait.

Soudain, un grondement sourd le fit tressaillir. Le tonnerre. L'orage était bien là, sans qu'il l'ait senti arriver. Bientôt, la grêle s'abattit sur lui ; le ciel, chargé de nuages noirs s'était assombri. Il décida de rebrousser chemin à contrecœur. Seulement, il se trouvait déjà bien haut et le brouillard, désormais tenace, empêchait toute visibilité.

Où se trouvaient les vagues traces qu'il avait laissées dans la neige en montant ?

Dans quelle direction devait-il aller ? Hubert, inerte, commençait à sentir le froid et l'humidité l'envahir. Un sentiment de peur accompagnait ses sensations.

Son esprit lui aussi se tourmentait.

Si les gens du village avaient dit vrai ? Le mauvais temps était arrivé si vite.

Si ce lieu était maléfique ?

Si les esprits hantaient l'endroit ?

Si la montagne se vengeait ?

Non, il ne fallait pas y penser, ni croire à tout ça ; juste un orage, plus fort qu'en plaine... Il y était habitué, lui qui fréquentait les Pyrénées, l'été. Mais ici, le déchaînement des éléments paraissait si soudain...

Qui viendrait le chercher là-haut ? Nul ou presque ne connaissait cet endroit maudit. Croyait-il lui aussi que cet Arbizon était une montagne infréquentable ?

Hubert avait perdu ses repères. Il faisait sombre et la nuit approchait. Il devait être sans doute vingt heures.

Il devrait se résoudre à passer la nuit sur la neige, sous la grêle et balayé par des vents tempétueux. Tiendrait-il le coup ? Il était peu vêtu. La balade entamée devait être courte. Il était trempé jusqu'aux os et n'avait plus de provision.

Rien autour de lui pour s'abriter, la nuit s'annonçait difficile.

En bas, à l'abri, l'oncle Henri s'aperçut rapidement de l'absence d'Hubert. Les clients terminaient leur repas et la nuit tombait. De grosses gouttes de pluie s'écrasaient sur les vitres de la salle de restaurant. Les éclairs balayaient le ciel désormais bien sombre. Là-haut, il devait faire mauvais.

Henri avait prévenu Hubert ; après tout, il faisait ce qu'il voulait et allait où bon lui semblait. Dans cette vallée, aucun guide local ne s'aventurait sur ce versant. Personne... ou presque ne connaissait ou ne souhaitait parcourir cet itinéraire scabreux.

La pluie, la grêle tombaient sans cesse, le tonnerre grondait, résonnait. Hubert tenta de trouver un rocher creux et à tâtons dans la pénombre, il se faufila dans une large fissure abritée, au pied d'un énorme bloc. Il était enfin protégé, au sec, malgré cette humidité qui lui transperçait le corps. Il grelottait mais n'avait pas d'autres choix que de passer une nuit inconfortable, sur place. Il trouva le temps long et attendit le lever du jour pour sortir de son antre ; il n'avait quasiment pas fermé l'œil ; la grêle avait blanchi la terre, le vent soufflait encore mais chassait désormais les nuages ; çà et là, des coins de ciel bleu égayaient l'atmosphère.

Hubert, affamé, fatigué, courbatu par les mauvaises positions de la nuit, décida d'entamer la descente ; il ne pensait même plus à l'ascension du versant nord. Le déchaînement des éléments, le danger du lieu avaient eu raison de son entêtement. La force de la pluie avait transformé le terrain et le ravinement des eaux avait creusé le sol. À la lueur d'une éclaircie, il devinait à présent le petit lac d'Arou. Plusieurs fois il glissa, dévala les pentes sans se blesser mais ses chutes occasionnèrent de grosses frayeurs. Souhaitant récupérer quelques forces au-dessus du lac, il s'arrêta et s'endormit sur un rocher au soleil. Il s'était sorti de ce pétrin sans trop de casse !

« Eh oh ! Monsieur Duteuil. »

Ramounet, ne voyant pas rentrer Hubert, était parti à sa recherche. Il savait où le trouver. Il connaissait par cœur le chemin conduisant au-delà de Camoudiet.

Le voyant inerte sur son bloc, il s'inquiéta.

« Monsieur Duteuil ? C'est moi, Raymond. »

Hubert sortit de son sommeil, étonné d'entrevoir la silhouette rassurée et rassurante du jeune berger.

« Vous êtes vivant, dieu soit loué. En bas, tout le monde vous croit mort. On raconte que la montagne vous a pris. À Payolle, l'orage a été terrible. L'Adour a débordé, l'auberge de l'oncle Henri est inondée. Trois de nos bêtes, les meilleures, ont été foudroyées.

— Je m'étais assoupi. Comment as-tu fait pour me trouver ici, si loin du village ? Tu peux imaginer que ta présence me fait du bien. Je commençais à me sentir un peu seul dans cette immensité !

— Je donnais un coup de main pour le repas du soir et j'ai bien vu que vous n'étiez pas à table. Alors je me suis douté que... vous seriez là. Après la traite, j'ai un peu dormi et suis monté très tôt à votre rencontre. Vous êtes en forme, vous avez beaucoup marché hier...

— Ma nuit a été compliquée. J'ai eu très peur ; je me suis réfugié à l'abri d'un rocher et j'ai attendu que ça se calme.

— Vous avez atteint la Diagonale, enfin je veux dire, vous êtes monté là-haut ?

— Non, je n'y voyais plus rien, je me suis arrêté à deux heures de marche d'ici. Monsieur Frossard en parle dans ses écrits. Comment connais-tu cet endroit ? »

Ramounet parut gêné. Il en avait sans doute trop dit. Ou pas assez.

Hubert, surpris, enchaîna :

« Tu connais la Diagonale ? Personne ici ne semble y être monté...

— De toute façon, je n'ai pas à vous mentir. Je dois vous raconter. »

Ramounet commença son histoire :

« C'était il y a trois ans, juste avant que mon père ne parte à la guerre. Nous occupions la cabane de Camoudiet. Au mois d'août, comme tous les étés. C'était la première fois que j'y passais autant de temps. J'étais très fier. Il faisait très chaud et les brebis cherchaient la fraîcheur en altitude ; elles nous échappaient souvent en quête d'eau pure et d'herbe grasse. Nous passions des heures à les suivre. Il ne fallait pas les perdre de vue... Un matin, après une nuit d'orage, il nous en manquait une dizaine. Et nous voilà partis à leur recherche. Elles semblaient plus loin, plus éparpillées que d'habitude. Bien au-dessus du lac, nous avions trouvé une meneuse aux abords de la brèche d'Aurey qui marque le passage avec le versant sud, tout près du sommet. Quelques autres avaient franchi ce col. Le terrain raide et abrupt nécessitait une grande prudence. Le pied alerte et sûr, mon père, curieux de nature, décida d'aller voir... Il nous fallut deux heures au prix de difficultés importantes. Nous étions passés près... et avons atteint la porte vers le sud. Nous sommes montés au sommet constatant que l'autre côté semblait plus accessible. Un spectacle grandiose ; des montagnes partout. Un océan de cimes, à perte de vue. Ce jour-là, par le plus grand des hasards, nous avons découvert ce passage, au-dessus de la Diagonale. »

Ramounet, ému par ce qu'il disait, ne pouvait dissimuler ses larmes.

Il continua sa passionnante histoire.

« Papa ne voulut pas qu'on le dise, il m'avait fait jurer ; il est parti avec ce secret... Nous sommes redescendus à la cabane, y avons passé les derniers jours d'été avant de regagner le village. Et puis, nous n'avons rien dit... À personne. Papa a été mobilisé puis est tombé sur un champ de bataille quelque part dans l'Est de la France. Je vis depuis un peu dans la clandestinité avec un besoin de m'éloigner du village et des "on-dit".

— Tu as gardé ce secret ? Depuis ce temps ?

— Les étés suivants, je suis remonté à Camoudiet pour remplacer mon père et garder les bêtes. Mais il faut que je vous avoue autre chose... Un an plus tard, j'ai retrouvé le passage, intact dans ma mémoire. Mais pas à la poursuite de brebis égarées, ni de jolies pierres ou de fleurs du coin. Non. J'ai fait le guide, j'ai mené quelqu'un là-haut.

— Quelqu'un ? Ne me dis pas que... Monsieur Frossard ? Il y a deux ans ?

— Oui. Lui-même, en cachette évidemment. Il cherchait un accompagnateur et j'ai fini par lui montrer le chemin. Il était moins alerte que vous.

— Vous êtes montés là-haut ? Frossard a parlé de son ascension mais ne parle pas de guide. Tu étais celui-ci ?

— Il a pris la peine de ne rien dire. Au départ, il souhaitait chercher des cristaux dans le versant nord ; je l'avais rencontré, un peu comme vous, alors qu'il envisageait de découvrir la région. Contrairement à vous, il ne voulait pas forcément monter au sommet ; mais finalement, nous y sommes arrivés, un peu par hasard, attirés par l'inconnu. D'ailleurs, la chose ne fut pas si simple. Le mauvais temps nous surprit à la descente et notre excursion faillit bien mal se terminer.

« Nous sommes restés bloqués plusieurs heures à l'abri d'un rocher, transis de froid. Par contre, je vous en prie, ne dites rien. Personne au village n'imagine que j'ai pu faire ça : emmener un touriste à l'Arbizon, par le nord en plus ! On me renierait. On me chasserait. Vous savez, les gens d'ici... Et puis mon père m'avait déjà juré de ne pas en parler. Je vis avec ce secret depuis, en me méfiant que certains ne découvrent la vérité.

— Tu sais, dans d'autres vallées, des bergers connaissant comme toi parfaitement les lieux apportent leur savoir aux touristes ; ils ne sont pas aussi jeunes, il est vrai. Crois-tu que tu pourrais me montrer le passage, incognito bien sûr ? Après tout, je suis proche du but et tu m'as mis dans la confidence... Je dois me reposer d'abord un peu, mon expérience de la nuit dernière a été rude. »

Hésitant tout d'abord, Ramounet affichait une certaine fierté.

« Je dois redescendre au village, soigner les bêtes et aider l'Oncle Henri. Demain, c'est jour de marché à Arreau et de nombreux marchands dormiront ce soir à l'auberge. En plus, je vais l'aider à évacuer l'eau dans les granges, tout faire sécher. Et surtout mon absence pourrait paraître suspecte. »

Ramounet savait Hubert en forme mais le risque d'être découvert le poussait à réfléchir.

« Ou alors, nous pourrions faire l'ascension de nuit et rentrer tôt le matin, ni vu ni connu ? Vous resteriez à m'attendre à Camoudiet, vous y reposer. Personne n'est encore installé.

— Mais la neige ? Le versant est encore fortement enneigé. »

Hubert, excité par cette proposition, sentait qu'il tenait sa chance ; il fallait la saisir. Cependant, un sentiment d'inquiétude, d'incapacité à agir le titillait. Il devait prendre une décision. Rapidement. Le temps s'était amélioré, le ciel s'était purgé et le soleil réchauffait de nouveau les corps et les esprits.

« Ne vous en faites donc pas, le beau temps revient ; d'ici deux jours, le terrain sera de nouveau praticable. Je monterai en fin de soirée, nous grignoterons et partirons de nuit de manière à redescendre sans être vus. Le vieux Lucien commence à traîner dans le coin dès les premiers beaux jours ; il conduit ses bêtes autour de Camoudiet mais regagne Payolle tous les soirs. Il ne séjourne plus qu'épisodiquement dans les estives. »

Le vieux Lucien était un berger. Un ancien que le grand âge avait rendu acariâtre et renfermé.

Hubert de nouveau sur pied, les nouveaux compagnons d'aventure atteignirent les granges en milieu de journée. Le soleil au zénith annonçait une après-midi de repos mérité. Petit Raymond, lui, avait encore du pain sur la planche ; sa journée avait débuté tôt et se poursuivrait tard. La traite, le service à l'auberge, le nettoyage de la boue à la suite de l'inondation...

Il remonterait ensuite au pas de course à Camoudiet pour amener son *client de promenade* à la poursuite de son Graal.

Il abandonna Hubert à ses occupations : une pause bienvenue, séchage des affaires, et inspection des environs. Dans le ciel pur, deux vautours planaient paisiblement en quête d'une pitance. Les cadavres d'éventuels agneaux morts constituaient des repas fructueux pour ces rapaces qui peuplaient les Pyrénées centrales.

Il entra dans la grange des Soucaze et prit possession des lieux. Il profita de ces chaudes heures de l'après-midi pour examiner le manège des volatiles et recouvrer quelques forces. Il se restaura et s'allongea sur un banc en bois devant la cabane. Le père de Ramounet l'avait fabriqué avec des planches de hêtre. L'endroit était confortable, tellement bien exposé. Le soleil de printemps généreux, l'accumulation de craintes et de fatigue eurent raison d'Hubert. Il s'endormit profondément face à son ambition de la nuit prochaine : le versant nord de l'Arbizon. Le soleil déclinait, il s'éveilla, surpris par la fraîcheur qui tombait et rentra à l'abri dans le cocon des Soucaze. Il attendit patiemment le retour du jeune berger des idées plein la tête : arriverait-il à surmonter ses peurs ? Ramounet retrouverait-il le passage ? La neige leur permettrait-elle de mener à bien leur ascension ?

Il n'alluma pas de feu pour ne pas attirer l'attention ; Ramounet lui avait soutenu qu'en principe personne ne monterait dans le coin si tôt. Après tout, il pourrait dire que la famille Soucaze lui avait prêté sa cabane ; un touriste à la montagne... À la recherche de calme et de liberté.

Il faut dire qu'à cette époque, beaucoup de gens de la ville affectionnaient la quiétude des lieux paisibles.

Il mangea avec bon appétit le reste des provisions que l'oncle Henri lui avait préparées. Il devait être vingt et une heures et le soleil avait disparu derrière le cirque Nord. Sans la chaleur du feu, le froid commençait à envahir son refuge ; il s'enveloppa alors dans des couvertures, en attendant le retour de son guide.

Il s'assoupit de nouveau bien vite, fatigué de ses aventures. Il rêva de toutes les péripéties qui avaient peuplé sa journée et sa nuit précédentes. La pression de sa future ascension l'avait quitté. Et puis Ramounet semblait si sûr de leur réussite.

Ce dernier arriva sur les coups de onze heures, visiblement décidé à en découdre avec la montagne maudite… Hubert, réveillé en sursaut, se leva bien vite.

« On part, dit le jeune, nous avons encore sept heures d'obscurité ; ça devrait nous laisser le temps de faire la course. »

Hubert, encore endormi, ne répondait pas et se préparait machinalement. Une fois en route, passé le lac d'Arou, il commença à parler :

« Eh, Ramounet, tu ne trouves pas que le temps a l'air de changer ? »

En effet, la lueur de la nuit claire semblait contrariée par quelques passages nuageux. Le vent s'était levé et le jeune homme se préoccupait uniquement de chercher leur chemin. Il ne répondit pas. Tous deux marchaient d'un pas alerte et allaient, dans l'obscurité, vers la montagne *interdite*.

Ils atteignirent bien vite la base de la Diagonale et la pente se redressa. Une neige profonde et humide rendait la montée pénible. Cependant, Hubert, confiant, avait oublié ses ennuis de la veille. Pour atteindre le col, le terrain devenait difficile ; la neige de printemps recouvrait des dalles de rochers lisses qui pouvaient libérer l'épaisse couche de neige à tout moment.

Le vent commençait à se faire sentir. Ramounet hésita soudain. Il semblait ne plus se souvenir du cheminement. Malgré la nuit, Hubert, haletant, se rendait compte de la raideur de l'endroit.

« Raymond, tu es sûr que c'est là ?

— Je suis plus sûr de rien, tant qu'on monte, on continue. »

Hubert suivait, conscient de sa forme et du danger. Le souffle du vent, jusque-là léger s'intensifia brusquement. Leur progression était devenue aléatoire. Le moral du *client* semblait baisser au fur et à mesure qu'ils avançaient. Il glissait fréquemment. L'obscurité laissait entrevoir des rochers sombres pris par la neige.

« C'est bon signe ! s'exclama Raymond. Le vent se renforce, ça veut dire qu'on n'est pas loin de la brèche. »

Hubert, parfois suffoquant, ne répondait pas ; il se disait juste que jamais il ne pourrait descendre par ce chemin scabreux ; beaucoup trop raide et dangereux.

« On y est, regardez Hubert, au-dessus de nous les cailloux faciles nous mèneront au sommet. »

Il avait atteint la brèche.

Curieusement, sur le versant opposé, la montagne devenait accueillante.

À peine de temps de souffler que Ramounet s'élançait déjà vers le faîte convoité. Des affleurements rocheux certes, mais une pente plus douce. Les deux hommes atteignirent leur quête. Ils venaient de monter là-haut par le nord au nez et à la barbe de tous, dans la plus totale clandestinité.

Le jour pointait et ils eurent le loisir de découvrir une vue sans borne, un panorama à couper le souffle à la lueur de l'aube naissante. Aucune sorcière, pas l'ombre d'un esprit maléfique... Des montagnes, à perte de vue. Un tas de caillou, un cairn, témoin de précédents passages. Monsieur Frossard, sans aucun doute et avant lui des officiers géodésiens*, chargés

---

* Vers 1825, l'armée française organise une campagne de prospection destinée à la préparation puis à la confection de cartes. Des officiers parcourent la montagne, escaladent les sommets pour leur travail scientifique. Ils vont, dans le cadre de leurs recherches, réaliser de nombreuses ascensions sur des cimes non atteintes jusque-là. En 1787, Henri Reboul et Jean Vidal atteignent le Turon de Néouvielle, premier sommet de plus de 3 000 mètres d'altitude gravi en Pyrénées.

d'une campagne d'ascensions scientifiques au début du XIXe siècle. Eux étaient montés par le sud.

Il ne fallait pas s'attarder.

Ramounet avait à faire et décida d'activer la cadence en regagnant les granges par la montagne de Monfaucon, voisine. Une longue boucle beaucoup plus aisée pour la descente. Ils passèrent le col de la Lude et bientôt le petit lac d'Arou fut en vue.

Aucun des deux vainqueurs de l'Arbizon ne souhaitait parler. Leurs pas étaient méfiants, la pente raide et la concentration soutenue. Le terrain s'inclina au-dessus d'Arou et le jeune guide improvisé regagna ses nombreuses activités laissant son *client* retourner dans la vallée par ses propres moyens.

Il était redevenu Ramounet, fougueux berger juvénile. Un grand frère, un bon fils, attentif et serviable.

Hubert lui avait offert une coquette somme d'argent que l'apprenti-guide avait eu du mal à accepter. Il avait hésité, le client avait insisté.

Ces billets te serviront pour tes études, et pour le reste, lui avait-il dit...

Il connaissait le chemin pour retrouver Payolle et l'auberge de l'oncle Henri où il avait laissé quelques maigres affaires.

Sous la bienveillance et la tendresse de Madame Crampe, l'institutrice, Ramounet irait étudier à la ville pour s'instruire et apprendre un métier.

Personne au village ne se douterait de ses activités de guide clandestin.

Hubert continua un temps sa quête, entretenant sa soif de découvertes. D'autres ascensions agrémentèrent son programme. Au cours de sa *carrière-éclair* dans les Pyrénées, il marqua les esprits par l'audace de ses réalisations, accompagné de guides reconnus... ou non.

Il se consacra enfin à fréquenter la grande sœur alpine au cœur de laquelle il réalisa nombre de courses de premier ordre.

Aujourd'hui, une pointe rocheuse élevée, proéminence d'un nœud d'arêtes menant au sommet du Balaïtous honore la mémoire de cet aventurier de la plaine... Elle est baptisée Aiguille Durand. En hommage et en mémoire à Hubert... Durand*.

* Né en 1847 à Limoges, Hubert Durand fréquente régulièrement les Pyrénées pendant sept années au cours desquelles il mène à bien des ascensions de premier ordre. L'Arbizon, bien sûr, et l'ascension de l'arête sud du Néouvielle, une escalade toujours fréquentée de nos jours. Son nom reste associé à l'ascension du Balaïtous par le versant est, course longtemps restée confidentielle.

2
Mobilisation générale

À toute volée, les cloches frappaient
la campagne béante dans la chaleur d'août...
Le tocsin alarmait tous les replis de la terre.
Alice Ferney.

Ce cœur qui haïssait la guerre,
voilà qu'il bat pour le combat et la bataille...
Robert Desnos.

Ordre de mobilisation générale

Armées de Terre-Armée de Mer.

Par décret du Président de la République, la mobilisation des armées de Terre et de mer est ordonnée ainsi que la réquisition des animaux, voitures et harnais...

Tout Français soumis à obligation militaire doit, sous peine d'être puni avec toute la rigueur des Lois, obéir aux prescriptions du fascicule de mobilisation.

Sont visés par le présent ordre tous les hommes non présents sous les drapeaux.

...Le ministre de la Guerre...

...Le ministre de la Marine...

Des hommes plus ou moins jeunes s'étaient rassemblés sur la petite place du village d'Esparros* et tentaient d'approcher

---

* Village connu pour son gouffre découvert par Norbert Casteret (ouvert au public). Comme à Nistos, certaines de ses granges ont hébergé des résistants.

le perron de la mairie. Souhaitant distinguer les mots écrits sur ce papier blanc, ils se bousculaient et se houspillaient.

Deux drapeaux français croisés, sur fond blanc.

Un écriteau inhabituel avait été placardé sur le mur de l'entrée par le maire, Armand Cazenave...

La France a besoin de vous... Un message... solennel.

Comme dans toutes les communes de France. Une obligation, un devoir. Il s'agissait de sauver la patrie. De combattre l'ennemi. Un télégramme avait été envoyé dans toutes les mairies du pays, appelant les futurs soldats à la guerre. Ils devaient rejoindre les casernes limitrophes. Au plus vite.

En ce 1er août 1914, notre pays entrait en guerre ; un conflit qui allait durer quatre ans mais cela nul ne pouvait l'imaginer.

Tocsin... Les cloches de l'église n'en finissaient plus de résonner. Assourdissantes. L'annonce d'une terrible nouvelle, d'un drame. Depuis les prés, les lavoirs, les jardins, l'école... Tous quittaient leurs occupations du moment, intrigués, attirés par cette agitation inhabituelle. Un remue-ménage inédit.

Esparros, petit village paisible des Baronnies*, blotti au pied des premières montagnes pyrénéennes. À l'abri...

« Encore une annonce, une de plus. Tu parles ! s'exclama Lucien.

— Jaurès, tu sais, Jean Jaurès ; il est mort, il y a deux jours. Assassiné à Paris par un fou. Il était notre seule chance, notre dernier espoir de Paix. Lui qui voulait tant éviter la guerre.

Je l'ai lu dans *L'Humanité*. Le conflit est inévitable maintenant. La France ne peut pas faire autrement... »

Jaurès, le tribun, député tarnais, pacifiste engagé avait sa vie durant, milité contre les conflits, défendu les ouvriers, épaulé

---

* Région de moyenne montagne du piémont pyrénéen qui s'étend entre Bagnères-de-Bigorre et le plateau de Lannemezan. On y trouve de nombreuses forêts, de belles rivières et de charmants villages blottis au creux de vallons discrets parfois isolés.

les paysans, aiguillé la jeunesse. Il avait été abattu deux jours avant les premiers feux par un déséquilibré, nationaliste, Raoul Villain.

Étienne paraissait inquiet. Natif du village, il était en vacances et étudiait le droit à Bordeaux. Il revenait régulièrement sur les terres de son enfance pour aider aux travaux de la ferme, toujours très écouté par ses amis. Il était celui qui réussissait. La pensée réfléchie du village. Un modèle pour beaucoup.

« On va mettre une raclée aux Allemands, ce sera vite fait ! » pesta Lucien.

Lui, le fougueux, le rebelle, vivait ici. Peu concerné par les études, d'un esprit étroit, il avait passé son enfance au cœur du nid familial. Un *intelligent pratique*, manuel, employé en tant qu'*homme à tout faire*, il n'avait jamais voulu quitter ses racines, trop attaché à ses montagnes, ses bois, ses champs et à Blandine, l'institutrice. Mariés depuis peu, ils attendaient un heureux événement, une naissance pour le début de l'hiver. Douce, avenante et toujours de bonne humeur, elle tempérait régulièrement les ardeurs de son compagnon.

« C'est pas si simple Lucien, allons voir de plus près. »

Le message était formel.

Les hommes en âge de partir à la guerre devaient gagner rapidement les régiments les plus proches pour s'engager et combattre l'ennemi. C'était un ordre...

« Qu'allons-nous faire, protesta Lucien, quel gâchis ! »

Autour de l'affiche, les discussions allaient bon train. Chacun y allait de sa remarque ou de son bon mot...

« On sera rentrés pour Noël.

— Pourquoi on nous placarde ça chez nous ? C'est bien loin tout ça.

— On va enfin récupérer l'Alsace et la Lorraine, perdues depuis 1870 ! »

Lors du dernier conflit, la cuisante et rapide défaite contre la Prusse avait obligé la France à léguer ses deux provinces à l'ennemi. Contrainte. Certains avaient des envies de vengeance.

« Qui fera tourner la ferme ? Et nos bêtes ? Nos familles ? »

Monsieur le maire, pris de court, tenta de s'exprimer, embarrassé et peu habitué à une telle effervescence ; il semblait dépassé et avait du mal à se faire entendre.

Dans ce brouhaha désordonné, il prit la parole, hésitant, balbutiant. Ses mots s'entrechoquaient…

« *Le gouvernement oblige toutes les communes de France à réquisitionner les hommes en âge de partir au combat. On ne peut pas faire autrement. On nous dit de sauver la Patrie. Les jeunes du village iront se battre dans l'Est ; les régiments cherchent même des chevaux robustes pour tirer des canons, acheminer soldats et matériels ; nous les anciens, resterons ici ; nous ferons les corvées des champs, soignerons les bêtes, aidés de vos femmes et des plus jeunes.*

Ici, nous devons continuer à vivre, le temps ne doit pas s'arrêter. Et puis, ça ne durera pas.

C'est une cause nationale, une levée en masse. Je vous demande de respecter les décisions qui viennent de Paris.

De toute façon, nous n'avons pas le choix.

Vous devez être prêts à partir demain matin tôt. Je viendrai vous chercher. C'est un devoir mais surtout un honneur pour moi.

Vive la France ! »

La faible assistance, les quelques âmes du village au grand complet, était rassemblée là, sur la placette de la maison du Peuple. Incrédule et sans réaction. Anesthésiée. Cependant, la colère mêlée à une certaine inquiétude se lisait sur tous les visages.

« Une cause nationale? Tu parles. Les armées ennemies n'envahiront jamais les Pyrénées. »

Lucien semblait agacé par la nouvelle. Il quitta discrètement l'attroupement pensant davantage aux coups de faux qu'il avait à donner derrière l'école.

Avec Blandine, ils vivaient dans trois petites pièces situées au-dessus de la salle de classe. Il avait déjà aménagé la chambre du bébé à venir.

La grande bâtisse était partagée en deux : à gauche la mairie et à droite l'école. La famille Cazenave habitait l'autre partie dominant les locaux communaux.

Chacun revint à ses occupations ; « la vie ne s'arrêtait pas », avait annoncé le maire...

La quiétude du lieu, l'éloignement ne devaient pas faire oublier le programme des labeurs au village.

Les bêtes étaient montées dans les estives pour la belle saison, accompagnées des bergers. Elles y passeraient quatre mois, loin, bien loin des préoccupations et de l'épreuve du moment. Au village, les travaux ne manquaient pas ; le foin devait être rangé dans les granges pour l'hiver. Les forêts du village étaient nettoyées et on devait « faire du bois », unique commodité de chauffage.

En fauchant sa parcelle d'herbe jaunie par la chaleur et le soleil de l'été, Lucien ruminait sa colère. Il ne comprenait pas ces histoires de politique, ces bêtises de la guerre. Il détestait les armes, l'uniforme et toute forme d'obéissance. Un esprit rebelle. Étienne ne l'avait pas convaincu. Étudiant, il suivait de près les avancées des informations concernant le conflit.

Lucien voyait sa résistance de façon différente.

Pourquoi aller se battre si loin d'ici ?

Tuer d'autres hommes, se faire tuer ?

À quoi bon ?

Déjà, quelques jeunes hommes se hâtaient à préparer leur paquetage ; tous avaient rendez-vous en gare de Lannemezan dès le lendemain, affectés au 3e régiment d'infanterie basé à Muret ; ils quitteraient ensuite Toulouse par le train pour rejoindre les troupes du nord. Après une période d'entraînement au maniement des armes et à la discipline militaire, leurs supérieurs les lâcheraient au combat. Une « chair à canon » sacrifiée au nom de la bêtise et de la barbarie. Ils quitteraient tout ; leurs proches, leurs maisons, leur pays... Mais pas pour longtemps, leur avait-on affirmé.

De retour avant Noël ! Nul ne savait.

Lucien, absorbé par son travail, n'avait guère prêté attention à cette agitation inhabituelle. Du moins en apparence. L'air ailleurs, il se tenait à la tâche confiée pour la journée.

En rentrant chez lui, Basile, le fils du maire l'apostropha :

« T'as l'air ailleurs, Lucien ? Je me dépêche, il faut qu'on soit à la gare demain matin avec tout notre barda. Mon père nous y conduira avec la camionnette. On est huit, on y rentrera.

— Oui, oui, je vais me préparer, répondit Lucien dans le vague, préoccupé. »

Accoudé à sa faux, il avait la sensation bizarre de ne pas être concerné par cette obligation de partir au combat. Ses pensées allaient et venaient. Des scènes de mitraille, le vacarme des obus déferlant sur la campagne, des cris, du sang, des corps inanimés.

Comment pouvait-on envoyer une jeunesse heureuse à la guerre, en pleine force de l'âge ?

Personne n'avait le droit de contraindre un futur père, chargé de famille, à de telles absurdités. Cette idée le rassura un peu. Il lui suffirait d'aller voir le maire ou même les gendarmes, leur expliquer ; ils comprendraient.

Mais la loi était très stricte ; il fallait sauver la patrie, faire face à l'envahisseur et le pays comptait sur le patriotisme de ses soldats. Le dévouement de chacun pour une guerre totale.

Il avait réfléchi. Mûrement. Étonnement calme.

Alors, ce soir, il ne partirait pas. Ce soir, il refuserait de se plier aux ordres.

Ce soir, il désobéirait.

Ce soir, il irait se cacher, quitterait tout et se ferait oublier.

Sa décision était prise.

Une gêne, un sentiment de culpabilité l'envahirent ; Blandine, son aimée devait savoir. Il fallait lui expliquer. Son existence était auprès d'elle. Elle portait la vie, en voie de famille disait-on, et la fin de sa grossesse pouvait s'avérer difficile.

Elle répondrait aux questions des uns, essuierait les doutes et la méfiance des autres. Elle serait questionnée, harcelée, soupçonnée. Montrée du doigt.

En chemin, l'esprit de Lucien bouillonnait de pensées, assailli d'interrogations.

Il rentra à la maison. Sa compagne préparait le repas du soir.

« Quelle journée ! Que d'émotions. Je ne sais pas quoi te dire. Mais enfin, ça ne va pas durer. Tout le monde le sait. Vous serez tous bien vite de retour au village. Je t'ai préparé des vêtements, il peut faire vite froid dans le Nord. Et puis des provisions. Pâtés, pommes, pain et saucissons. Je n'ai pas trouvé le grand sac... Où l'as-tu rangé ?

— Blandine, je dois t'avouer une chose grave. Je me servirai de tout ça mais pas pour partir là-bas. Cette nuit je m'en vais. Je veux me cacher et éviter cette maudite guerre. Une boucherie, ça va être une boucherie. Bientôt, les gens auront oublié...

— Lucien, tu es obligé de partir, tu es mobilisé ! Ton acte s'appelle une désertion ! Tu deviens un hors-la-loi. Tu es passible de la prison, ou pire... Tu pourrais être exécuté. »

Ainsi certains pacifistes refusaient d'être enrôlés dans l'armée, déclinaient la soumission. Au risque d'être traduits devant des tribunaux militaires et d'être emprisonnés, ils tentaient de se cacher.

Des soldats épuisés, traumatisés, seuls sans leurs familles, quittaient l'armée ou ne rentraient jamais de permissions. Ils oubliaient simplement de monter dans les trains menant aux combats, n'ayant qu'un seul souhait, vital : quitter le front.

D'autres encore se mutilaient, entretenant leurs profondes blessures pour être tenus à l'écart de la guerre. Mais les contrôles s'avéraient très stricts.

« Et notre enfant. Tu veux qu'il ait un père invalide. Estropié à vie ? J'irai me cacher sous le Bassia*, tu sais, vers le puits glacé. Personne n'aura l'idée d'aller me chercher là-haut. L'endroit est abrité, l'eau n'est pas loin. Et puis je pourrai bouger. En attendant que ça se calme, je vivrai dans la clandestinité. »

Tout en fauchant sa parcelle, il avait rapidement élaboré un plan bien ficelé.

À trois heures de marche du village, le lieu n'était plus fréquenté depuis longtemps. La végétation avait repris ses droits. Les taillis de genêts masquaient désormais l'endroit.

« Tu me fais peur Lucien. Tu es devenu fou. Comment vas-tu survivre ? La nourriture ? Les températures là-haut ? On va te chercher, tu ne pourras pas tenir longtemps. Que dois-je dire aux gendarmes ? Aux autres ? On va me regarder de travers. Et les bergers qui sont là-haut pour la saison, tu y as pensé ?

— Tu diras que j'ai disparu avant la cérémonie, je ne sais pas moi... Tu trouveras bien. Dès que la nuit sera tombée, je partirai. Tout le village est occupé au départ de ses jeunes ; ce soir, le maire donne une réception en l'honneur des nouveaux soldats. C'est le moment que je choisirai pour m'enfuir. Toi seule sais où je me cacherai.

— On va te traquer. Comment je vais tenir te sachant seul dans les montagnes ?

— Tu sais, je prends moins de risques à vivre reclus ici, que sur le front, sous le feu de l'armée allemande. Par contre, tu dois jouer le jeu et ne rien dire. »

Ne rien dévoiler. Un mutisme complice. Blandine n'arriverait pas à le raisonner et le savait. Il fallait qu'elle trouve un moyen de lui apporter son aide, secrètement.

« Je te monterai des provisions, quand je le pourrai, la nuit, sans que personne ne le sache. Je serai discrète, tu peux

* Massif montagneux dominant les Baronnies, vue très étendue sur la plaine et les montagnes alentour (altitude 1921 mètres).

compter sur moi. Tu vas me manquer Lucien, que vais-je devenir sans toi ? »

Son désespoir ne le fit pas plier, il était déterminé.

Se cacher, fuir cette barbarie meurtrière, son seul salut.

« Je dois m'absenter Blandine, je ne veux pas me faire tuer sur un champ de bataille, pour rien. Tu me manqueras aussi. Prends soin de toi, de notre enfant. »

Il s'affaira à élaborer sa stratégie de fuite vers la clandestinité.

Dans le local de la mairie, on s'apprêtait à honorer les futurs soldats, juste avant leur départ.

Une fête. Fade. Un élan de façade mais une certaine fierté.

Le couple entendait les préparatifs dans la salle située en dessous de leur logement. Lucien devait donc disparaître avant la réception improvisée. Il fallait faire vite.

À vingt et une heures, la cérémonie commencerait et il serait alors trop tard.

Blandine connaissait parfaitement l'endroit et grimperait voir son mari dès qu'elle le pourrait. Elle ne pouvait compter que sur elle-même et monterait à la cachette malgré sa grossesse avancée qui lui demandait d'avantage d'effort.

Quelques minutes plus tard, Lucien était fin prêt.

Par amour, Blandine était disposée à prendre tous les risques pour couvrir son compagnon. Elle avait l'âme pacifiste et haïssait les guerres.

Mais elle avait peur.

Elle serait interrogée et devrait se justifier auprès des gendarmes et des habitants du village.

Ils s'enlacèrent longuement sans se dire un mot. Un mutisme commun. Lucien quitta ensuite la pièce par la porte de derrière.

« Prends soin de toi, lui dit-elle sanglotant.

— Prends soin de vous... »

Il lui fit un dernier signe de la main.

Le bâtiment de l'école donnait sur la lisière de la forêt dans laquelle il allait se cacher. À la tombée de la nuit, il entamerait la montée vers son repaire.

Il deviendrait déserteur, un clandestin.

Tout le monde se préparait au départ imminent des jeunes soldats. Dans les maisons, on profitait encore un peu des enfants du village appelés à sauver la patrie.

Armand Cazenave, suivi de son fils Basile, honorait son rôle de maire et frappait déjà aux portes pour convier les habitants à la célébration. Leur logement étant mitoyen de la mairie, Blandine savait qu'il viendrait chercher Lucien en dernier. Elle avait un peu de temps pour peaufiner sa défense... et trouver des arguments.

On distinguait des pleurs, des cris dans les ruelles. Les mères, les épouses ou les fiancées ne voulaient pas du départ des jeunes. Les hommes plus âgés, eux, semblaient démunis ou résignés.

Le village n'était pas bien étendu et bientôt le tour du maire fut achevé.

Blandine entendit frapper et alla ouvrir, sereine.

Armand Cazenave et quelques conscrits sur le départ se tenaient sur le pas de la porte, fiers.

« Bonsoir Blandine, Lucien est là ? Tu sais qu'on donne une réception en bas, en l'honneur de nos héros. »

« Nos héros... pensa-t-elle... De pauvres jeunes apprentis soldats plutôt. » Bien sûr, elle savait que Lucien avait raison. Mais, aux yeux de la loi, il était un fugitif qui tôt ou tard serait découvert.

« Lucien, non, je ne l'ai pas vu. Il devait faucher vers le lavoir et...

— Il sera sans doute allé soigner les bêtes de la vieille Célestine après sa tâche quotidienne.

— Oui, c'est ça. »

Étienne faisait partie du « convoi ». Incrédule, il se doutait de quelque chose et savait Lucien prêt à tout.

« Quand il rentrera, il viendra directement à la réception ; tu sais que je les accompagne à la gare de Lannemezan demain matin avec les membres du conseil municipal et tous ceux qui le souhaitent. Tu es la bienvenue.

— Oui bien sûr, je viendrai. »

Blandine fut étonnée du peu de questions posées par le maire d'habitude si indiscret. Sans doute était-il préoccupé par cette situation inhabituelle.

C'était un homme serviable, gentil mais parfois borné. Il ne pouvait penser une seconde que Lucien, lui, le dévoué, pouvait refuser les ordres et déserter.

Elle avait compris qu'Étienne, l'ami de toujours, le confident, n'était pas dupe. Il sentait que Lucien avait disparu. Son regard en disait long. Ils échangèrent un léger sourire, triste, inquiet mais déjà complice.

Monsieur le maire quitta la pièce en lançant un « À tout à l'heure, Blandine ».

La troupe des futurs fantassins dévala les escaliers de bois dans un fracas assourdissant.

Au-dessus du village, attendant la nuit, Lucien sentait cette effervescence monter. Il aurait aimé hurler à tous la bêtise de la guerre, son inutilité et sa barbarie. Mais il était devenu en quelques instants, le temps d'une décision, d'un coup de tête, un hors-la-loi qui devait se cacher.

Blandine avait fait bonne figure devant le maire et toute la clique. Pour combien de temps ?

Elle se rendit à cette petite *fête*. Lucien ne l'accompagnant pas, elle fut assaillie de questions.

Corrège, le secrétaire de mairie, fut fidèle à sa réputation d'être bourru et mauvais. C'était un homme aigri et méchant, disposé à dénoncer les tricheurs... Il tenait les registres du village. Pointilleux, la moustache et l'air sévères, il apostropha Blandine.

« S'il n'est pas là pour le départ, je serai dans l'obligation, vu le contexte, de prévenir les gendarmes. Lucien est sur la liste des mobilisés. Demain matin, au départ du contingent, il sera considéré comme déserteur. Si tu sais quelque chose, Blandine, il faut le dire. »

Ses lunettes rondes laissaient apparaître des yeux malfaisants, un regard insistant, lugubre lui glaçait le sang.

Désemparée mais la tête haute, la jeune femme tentait de faire bonne figure.

« Je n'ai pas vu Lucien depuis ce matin, je suis partie chez ma mère à Laborde. Le tocsin m'a fait rentrer, je n'ai pas vu Lucien. Non. »

Elle se sentait observée, dévisagée ; dans la salle, quelques petits groupes chuchotaient et la regardaient de travers.

Les gens du village commenceraient bien vite à parler.

Le maire prononça quelques mots aussi laconiques et futiles que les précédents, souhaitant beaucoup de courage et de fierté aux jeunes du village. La nuit tomba et chacun retourna dans ses foyers, affairé aux préparatifs et au dernier repas en famille. Malgré l'excitation inhabituelle et les tracasseries de chacun, tous ou presque avaient constaté la disparition de Lucien.

Étienne ne souhaitait pas rentrer tout de suite. Il monta voir Blandine.

« Tu as des nouvelles ? Où est Lucien ?

— Je l'ai dit, Étienne, je n'en sais rien.

— Pas à moi, Blandine, il avait l'air si meurtri en apprenant cette annonce. Il ne m'a pas écouté. Il ne veut pas partir, je le sais. Mais il risque gros ; les autorités ne plaisantent pas avec cet ordre de mobilisation générale. Tu sais où il est Blandine... »

Elle ne put s'empêcher de fondre en larmes, désespérée.

À Étienne, l'ami, elle ne pouvait mentir. Des sanglots dans la voix, elle entreprit de lui dévoiler la vérité.

« Il est parti se cacher, au puits glacé dans le versant nord du Bassia. Je lui avais promis de ne rien dire. À l'heure qu'il est, il ne doit pas en être loin.

— Il ne pourra pas tenir longtemps, on va le rechercher, le traquer. Le maire est obligé de prévenir la gendarmerie ; il figure sur la liste des mobilisables. »

Blandine ne savait que faire. Elle avait trahi celui qu'elle aimait plutôt que de le protéger.

« Je suis perdue, Étienne. Je ne veux pas qu'on lui fasse du mal. Après tout, on verra bien. »

Étienne rentra chez lui inquiet, mais au moins, il savait. Il ne s'endormit que très tard et fit de nombreux cauchemars. Il se promit de ne rien dévoiler.

Blandine semblait rassurée que leur ami sache ; elle savait qu'il ne parlerait pas.

En ce 2 août, aux premières lueurs du jour, les hommes étaient de nouveau massés sur la petite place de la mairie. Armand Cazenave, dans son rôle de premier magistrat était chargé du bon fonctionnement des opérations.

Les Rumeau, Corrège, Pène, Cazenave... Les enfants du village étaient là, prêts à partir, décidés à en découdre. De bons petits soldats ! Seul manquait à l'appel : Claverie, Lucien Claverie. L'affreux secrétaire de mairie ne tarderait pas à le mentionner dans son registre.

Le maire prit une dernière fois la parole.

« *Vous êtes l'honneur de notre village, des héros de la Patrie.*
Vous reviendrez bientôt, fiers d'avoir défendu votre pays.
Ne perdons pas de temps, le train n'attend pas.
Vive la Patrie, vive la France. »

La ville de Lannemezan était distante d'une quinzaine de kilomètres. Le départ était fixé à midi. À la gare, ils rejoindraient bon nombre de jeunes venus des campagnes voisines qui, comme eux, partaient au combat.

Pour les familles, c'était un déchirement. Pleurs et cris se mêlaient à des « Vive la France, vive nos soldats », « On est fiers de vous »...

Et tout ce petit monde se mit en chemin.

Blandine, blottie devant le lavoir, se faisait discrète, à tel point que personne ne la remarqua. Tous savaient que Lucien ne faisait pas partie des huit jeunes en partance pour le front. Tous accompagnaient le départ des futurs combattants.

Blandine voulait voir Étienne, une dernière fois mais savait que la gendarmerie serait prévenue de la disparition dès l'arrivée du cortège à la gare. Elle devait assumer la fuite de son compagnon et faire face.

Lucien avait gagné sa cachette de nuit.

Il était désormais clandestin. Il resterait reclus mais pour combien de temps ? Les bergers pourraient le découvrir. Ceux-ci avaient pris leurs quartiers d'été sur les flancs du Bassia ; la cabane de Castillon où ils séjournaient n'était pas bien loin du puits glacé. Fugitif, déserteur, Lucien se sentirait bien vite cerné...

Il ne pouvait plus revenir en arrière. *Le train de la guerre* avait quitté le piémont et il restait seul avec ses incertitudes. Mais il n'avait qu'un remords : celui d'abandonner son aimée, prête à donner la vie. Cette perspective le harcelait désormais. Assisterait-il à l'arrivée de leur enfant ? Se trouverait-il aux côtés de Blandine pour l'accouchement ?

Plusieurs jours passèrent et le village organisait son existence sans les jeunes. On vivait dans l'attente de nouvelles, tentant de combler les vides. Aucune dépêche, pas même des rumeurs ne parvenaient dans ce coin reculé des Pyrénées, si loin des combats.

Le temps filait, inexorablement.

Au nord de la France, des milliers de soldats combattaient dans la Marne. Certains acheminés en taxis. Petite victoire française. L'ennemi replié, une guerre de position et d'usure se mit en place. La fin des illusions.

Soldats et civils comprirent dès lors que le conflit s'éterniserait... Inexorable. Meurtrier.

Les champs de bataille attendaient leurs premiers combats. Leurs premières tranchées. Leurs premiers déluges de feu. Leurs premiers morts. Les premières veuves de guerre. Les premiers enfants orphelins.

Lucien avait tout le loisir de penser à ses camarades partis combattre l'ennemi, à toutes ces familles amputées de leurs enfants. Il était seul au milieu d'une forêt parsemée de quelques escarpements calcaires. Le puits glacé était un lieu abandonné où les anciens venaient chercher de la glace en vue de conserver les aliments au frais. Elle avait disparu mais des filets d'eau coulaient et permettaient d'alimenter de petits torrents. L'eau était la ressource principale, la vie. Elle permettait l'arrosage des cultures, la bonne qualité de l'herbe des estives. Un moyen de subsistance.

Lucien avait choisi cet endroit pour la proximité de cette source vitale.

Pourtant, les réserves de nourriture préparées par Blandine s'amenuisaient.

Elle n'était pas montée le ravitailler depuis son départ et il ne faisait plus qu'un maigre repas par jour.

À trois mois de donner la vie, elle ne pouvait sans doute plus marcher aussi longtemps sans risquer la chute ou un incident pour leur bébé. La fatigue, le désarroi accompagnaient désormais la fin de sa grossesse.

Lucien avait aménagé une cabane de fortune avec quelques branchages et des vieilles couvertures. Des pierres calcaires plates servaient de muret. Son domicile de fortune était ainsi à l'abri des intempéries et des regards... Du moins pensait-il...

Quelques jours à peine après sa fuite, Blandine avait été convoquée à la gendarmerie de Hèches ; Lucien était recherché. Les militaires la questionnèrent, menacèrent de l'emprisonner mais elle ne dit rien. Elle se savait surveillée et ne pouvait rien tenter pour lui venir en aide. Sinon tout serait découvert.

« Nous faisons des fouilles, nous allons le traquer ; on l'attrapera et on le jugera ; il sera traduit devant une cour martiale. Votre compagnon sera condamné. »

Ainsi, au village, les gens cherchaient à découvrir la cachette de Lucien. On se mit à ratisser les lieux. Accompagnés de la maréchaussée, certains parcouraient les vallons, remontaient les forêts alentour à la quête d'indices. Le piège tentait de se refermer. Curieusement, nul ne pensa au puits glacé. Une accalmie...

Une nuit, Lucien avait eu du mal à trouver le sommeil. Il entendit des aboiements. Les chiens devaient être à la recherche de brebis égarées. Il n'y prêta pas attention jusqu'à ce que les bruits se rapprochent. Les cris des bergers qui semblaient suivre leurs bêtes le firent sursauter. Puis, plus rien. Ou bien était-ce une battue pour le retrouver. Épuisé, à cours de nourriture, il pressentait sa fin proche...

Au village, chacun tentait de mener une vie normale. L'automne tirait à sa fin et les premiers frimas de l'hiver rafraîchissaient l'atmosphère.

On attendait la mauvaise saison en même temps que d'éventuelles nouvelles du front. Le silence, l'absence des êtres chers meurtrissaient bien des foyers. Pesants. Les familles se lamentaient, désespéraient.

Un matin, Armand Cazenave reçut un télégramme de l'état-major.

Un bien triste message. Insoutenable. Inhumain.

De jeunes recrues avaient été tuées au front « Pour la patrie, en héros », disait le texte. Au cours de combats violents pendant la bataille de la Marne voilà près de trois mois. La deuxième compagnie du 3e Régiment d'Infanterie de Muret avait été anéantie sous le feu ennemi.

Une embuscade. Un carnage. Une boucherie.

On apprendrait plus tard que les soldats, mal préparés, peu entraînés avaient été livrés en pâture aux troupes allemandes.

Les dépouilles de ces *fils de France* seraient rapatriées et rendues à leurs familles le plus tôt possible.

L'un d'eux avait survécu, désormais estropié. Il avait perdu une jambe, soigné dans un hôpital de fortune. Il serait sans doute de retour bientôt.

Devant le peu d'informations, le village ne cachait plus sa colère. L'enthousiasme du début du conflit avait totalement disparu et faisait place à une profonde amertume.

Y avait-il d'autres survivants ?

Quand aurait-on des nouvelles ?

Seuls ces quelques mots laconiques. Terribles.

Les couleurs de fin d'automne avaient envahi la moyenne montagne. Les premières gelées et les brumes tenaces rendaient l'existence de Lucien difficile. Cependant, sa forte constitution, sa détermination le faisaient tenir...

Près de trois mois caché là-haut. Blandine n'était pas montée depuis longtemps, se sachant épiée. Cependant, les habitants semblaient davantage préoccupés par les mauvaises nouvelles de la guerre que par la disparition de Lucien. À vrai dire, personne ne le cherchait plus vraiment, s'abandonnant à son triste sort quotidien.

De nuit, Blandine avait apporté des denrées à son compagnon, tant bien que mal.

La montée vers la cachette lui parut fort longue, le chemin toujours plus raide. Chargée de provisions, de couvertures, éprouvée par sa grossesse et la méfiance des habitants, elle avait eu toutes les peines du monde à atteindre le repaire de son aimé.

Épuisée, elle ne prit que peu de temps là-haut.

Après cette parenthèse de clandestinité et ce long moment de séparation, les futurs parents ne dialoguèrent que furtivement.

Il découvrit son ventre rebondi, ses formes nouvelles de future maman. Ils s'enlacèrent.

« Comment vas-tu ma douce ? Quelles sont les nouvelles, en bas ?

— Les gendarmes t'ont cherché, au début... Bizarrement, personne n'a pensé que tu pouvais te dissimuler là, si près du village. Ils sont maintenant occupés à contenir les populations mécontentes, à annoncer aux familles la mort au combat de leurs proches... Sale besogne.

« On m'a questionnée Lucien, parfois violemment. Je n'ai rien dit bien sûr.

— Tu es héroïque Blandine. Je me sens impuissant dans ma cache. Comment te sens-tu ? Et les jeunes du village partis au combat ? Étienne ? »

Lucien, fatigué et reclus souhaitait cependant savoir.

Parfois, la culpabilité, la lâcheté le rongeaient.

Souvent, un sentiment de triche, de faiblesse le tiraillait. Quelque part, il avait trahi les siens, ses camarades d'enfance, les abandonnant à la barbarie de la guerre.

«Le maire a reçu un télégramme terrible. Certains seraient tombés sous les feux ennemis pendant la bataille de la Marne. On dit que maintenant c'est une guerre de tranchées qui se met en place. »

Lucien semblait incrédule au discours de Blandine.

« Étienne ? Il t'a contacté ?

— Je ne sais pas s'il est toujours vivant... On a peu de nouvelles. Par contre, il sait... Pour toi, il sait. Il est parti au combat en sachant que tu avais fui la mobilisation. »

À ces mots, Lucien parut rassuré. Son ami de toujours était au courant.

« C'est bien, il n'aura rien dit, c'est sûr. Il aura compris. Et puis maintenant... »

Blandine ne pouvait rester longtemps.

La détresse de Lucien la rendait malheureuse et l'arrivée de l'hiver ne laissait rien augurer de bon. Bientôt le blanc, le froid et le gel envahiraient les versants austères du Bassia.

Il avait organisé sa vie de clandestin. Pour se réchauffer, il tentait de marcher autour de sa cache. Ses sorties étaient rares. Il devait effacer les traces laissées dans la neige pour ne pas éveiller les soupçons.

Il avait également entassé des branchages qui lui permettaient d'allumer parfois du feu. La nuit uniquement. La fumée aurait pu s'apercevoir depuis le village.

Il rationnait sa nourriture et avait beaucoup maigri.

En bas, on pansait les plaies ouvertes et digérait tant bien que mal le manque d'informations. Les gendarmes étaient occupés à prévenir les familles des défunts en compagnie des élus et les troupeaux avaient rejoint leurs bergeries depuis longtemps.

Pendant la mauvaise saison, les températures basses pouvaient s'installer.

Désormais, personne ne se souciait du sort de Lucien.

Oublié du monde.

Oublié des hommes.

En cette nuit de décembre, Blandine remonta à la cachette et un important manteau blanc recouvrait désormais la montagne au-dessus du col de l'Oueil Luisant. La marche lui parut interminable. Ses pas se faisaient lourds, ses traces profondes. Son ventre s'était arrondi et la naissance de leur enfant était proche. Elle risquait de glisser, de tomber.

Mais elle pourrait enfin donner des nouvelles à Lucien et l'approvisionner. Elle avait appris à la mairie qu'Étienne était en vie, blessé, mutilé mais en vie. Cette nouvelle était, pour elle, chargée d'espoir.

Non loin de la cache, elle appela. Aucune réponse.

Le froid était vif et mordant. Il gelait à pierre fendre.

Elle gagna l'antre enseveli sous une épaisse couche de poudreuse.

Derrière des branchages, elle s'approcha des rochers qui fermaient l'abri de fortune.

La neige, la glace recouvraient la couverture qu'elle reconnut aussitôt. Elle la tira difficilement et découvrit Lucien, son Lucien, mort, les membres durcis par le gel. Elle eut toutes les peines du monde à reconnaître ce corps amaigri.

Il avait cessé de vivre.

Mort à l'abri de la bêtise des hommes et des horreurs de la guerre.

Mort si près de Blandine, de leur enfant à naître sans qu'elle n'y puisse rien.

Elle avait gardé le secret.

Prise de panique, épuisée et en pleurs, elle ne sut que faire.

Elle devait redescendre, ne pas rester là. Tout était fini à présent.

La dépouille de son homme ne serait pas découverte de sitôt. La montagne le garderait, le protégerait, à jamais.

Elle devrait faire profil bas quelque temps, se consacrer au bébé dont l'arrivée était imminente. Accoucher seule, élever l'enfant en l'absence d'un père.

Au cœur des montagnes qu'il aimait tant, Lucien avait mené son dernier combat, celui du refus, de la désobéissance et de la clandestinité.

Sa cachette était son tombeau.

Quelques jours plus tard, une voiture de la gendarmerie s'arrêta devant la mairie. Soutenu par deux brigadiers, un homme barbu et méconnaissable en descendit péniblement. Accoudé à des béquilles, il se déplaçait avec difficulté sur le sol enneigé.

Étienne, hagard et amaigri, était le seul rescapé des enfants d'Esparros.

Il avait perdu une jambe au combat et l'armée le renvoyait chez lui, invalide, « pour bons et loyaux services ».

Une médaille sur le plastron.

Comme lui, de nombreux soldats rentrèrent chez eux mutilés, handicapés à vie. Dépressifs, insomniaques, parfois alcooliques. Mais vivants.

D'autres, *morts pour la France,* seraient honorés sur les flancs des nombreux monuments aux morts érigés au cœur de la plupart des communes de France.

Sa première visite conduirait Étienne chez Blandine. Il devrait l'épauler tant bien que mal dans son nouveau rôle de mère.

Mais il devait avant tout savoir.

« Quand nous partons,
nous ne sommes que de vulgaires soldats,
maussades ou de bonne humeur et,
quand nous arrivons dans la zone où commence le front,
nous sommes devenus des hommes-bêtes ».
Erich Maria Remarque.

3
Le chemin de la liberté

À ceux qui ont traversé ce port
pour briser le blocus de la "poche de Bielsa"*
pour défendre la liberté contre le fascisme.
Mots simples inscrits sur la plaque
ornant le seuil du Port Vieux (2378 m),
passage de l'exil vers la France des habitants de Bielsa
et des soldats républicains en avril et juin 1938

J'avais eu du mal à m'endormir. Me tourner, me retourner, sans cesse.

Hier soir, au coucher, j'avais surpris une conversation entre mon père et le vieux Ramirez, notre plus proche voisin. On l'appelle le « vieux », affectueusement, mais il est solide comme un roc. De ceux que façonnent les montagnes alentour.

« Il faudra bien qu'on parte, chuchotait mon père, ça devient très dangereux, invivable.

— Tu sais Ramon, Angelina et moi sommes trop âgés pour ça... On ne va pas quitter notre petite maison, nos terres à labourer, nos bêtes à soigner. Pour aller où ? Notre famille est à Teruel* ; de là-bas, les nouvelles sont mauvaises. Les troupes de Franco** progressent, pillent, torturent, tuent.

---

* Ville de Catalogne, siège de violents combats entre Républicains et Nationalistes en 1938.

** Général et homme politique espagnol qui prend le pouvoir en 1939 à la fin de la guerre civile en Espagne et la défaite des armées républicaines. Il établit alors une dictature et règne en maître jusqu'à sa mort en 1975.

— Il le faut Ernesto, sinon…

— Sinon quoi ? Tu as vu dans quel état se trouve Angelina ! Sa tête déraille et elle n'est plus capable de comprendre. On va mourir chez nous, tous les deux. Vous nous laisserez là. En paix… Ici. »

Je ne captais que des bribes de discussion, mais leur voix basse, volontairement étouffée, laissait paraître une véritable inquiétude.

Le plancher vétuste de la cuisine grinça faiblement et la porte d'entrée se referma.

Ernesto Ramirez était sorti, triste, sans solution. Dévasté.

Rentré chez lui pour passer une énième nuit blanche à retourner la situation dans tous les sens. Je regagnai ma chambre sans bruit et évaluai pleinement la fâcheuse position dans laquelle nous nous trouvions. Le sommeil me rattrapa alors que je me couchai discrètement pour ne pas éveiller Lola et Pablo, mes jeunes frère et sœur.

Nous dormions tous les trois dans la même petite chambre à l'étage. Une pièce fonctionnelle et confortable au mobilier sommaire.

Ici, au village, tout le monde sentait qu'il faudrait fuir.

Tout abandonner. Pour aller où ? Comment ? Pour être accueillis par qui ?

La seule issue était celle du nord, celle des montagnes et de la frontière française, le chemin de la liberté. Il faudrait dénicher un passage, franchir les Pyrénées encore bien enneigées en ce mois d'avril. Il s'agirait de trouver la force de rester là-haut pour rejoindre les premiers villages français, Aragnouet, Saint-Lary ou Arreau et enfin la plaine.

Mais ici, nul ne semblait en avoir l'énergie ni le souhait.

Les troupes ennemies s'approchaient de Bielsa*. Inexorablement. On savait que l'importante cité de Barbastro, plus au sud,

---

* Petit village de la province aragonaise, le premier bourg rencontré une fois la frontière franchie. Il appartient à la région du Sobrarbe. Il est aujourd'hui un centre touristique, point de départ de nombreuses courses en montagne.

avait cédé et que la 43e division reculait vers les montagnes face à l'avancée des troupes franquistes.

Les soldats et la population de la haute vallée du rio Cinca* se retrouveraient bientôt bloqués dans ce recoin des Pyrénées aragonaises. Ainsi s'appelle la *bolsa*, la « poche » de Bielsa. Un refuge, une cache. Un réconfort éphémère.

Mais une poche, fermée, cernée. Hommes, femmes et enfants, reclus.

Le lendemain, je me levai tôt, comme à mon habitude. Malgré une nuit agitée, peuplée de songes et d'idées sombres, je n'avais eu aucun mal à quitter la chaleur des couvertures. La neige avait complètement fondu et le printemps pointait le bout de son nez. Dans ce paysage rude, l'hiver s'était absenté. La nature s'égayait vers les beaux jours...

Je travaillai toute la journée en compagnie de mon père à rebâtir un mur de pierres effondré par les congères et la rigueur de l'hiver. Il faudrait aussi ériger les clôtures des champs pour parquer les bêtes.

Tout le village ne parlait plus que de l'arrivée imminente des troupes républicaines en repli. Elles au moins nous défendraient, pensai-je...

« Ils seront là bientôt ? demandai-je à mon père

— De qui parles-tu Juan ?

—Je t'ai entendu discuter avec Ernesto cette nuit, je ne dormais pas. Je parle des soldats, ils vont arriver, non ?

— Tu écoutes aux portes maintenant ? »

Ramon, mon père, semblait ne pas vouloir aborder le sujet. Gêné, mais surtout inquiet. Il ne savait pas que j'avais surpris leur conversation de la nuit dernière. Il ne voulait pas mêler ses enfants, même son aîné, à des histoires de guerre qui le dépassaient lui-même.

« Juan, les nouvelles sont catastrophiques, les Franquistes progressent, ils ont pris Barbastro et continuent leur offensive

* Rivière de montagne qui descend des contreforts du Mont Perdu, de la vallée d'Ourdicetou... vers la plaine. Elle arrose Bielsa, Ainsa puis coule vers le sud.

vers le nord. Oui, les soldats de la 43e division viendront se cacher ici et lutter avec leurs faibles moyens. Où veux-tu qu'ils aillent ? Ils sont repoussés contre les Pyrénées et attendent des renforts.

— Et nous ? Qu'allons-nous faire ?

— D'ici peu de temps, les troupes républicaines se replieront ici. Déjà, les premiers bombardements s'entendent vers Ainsa. »

Mon père ne répondait pas à mes questions. Il ne voulait pas me dire que nous serions obligés de fuir, inévitablement.

« Nous, je ne sais pas, quitter notre village, aller se cacher mais comment tenir ? »

Il n'insista pas, la tâche nous appelait.

La journée se déroula, semblable à beaucoup d'autres. Chacun s'occupait à se vider la tête, à maintenir une activité, l'esprit ailleurs. Une angoisse perceptible.

Le proche avenir était sombre et incertain.

Gênée par la fatigue de ses articulations, affairée dans son arrière-cuisine, la vieille Angelina préparait des provisions. Les denrées de base s'amenuisaient avec le blocus féroce organisé plus au sud par les armées franquistes.

La pauvre n'avait plus toute sa tête, ses facultés les plus ordinaires s'altéraient. Pourtant, elle voulait fuir dans les montagnes au-dessus du village. Un refrain incessant. C'était souvent une source de disputes avec son époux Ernesto qui tentait de minimiser, de faire face et de la raisonner.

Parfois, il perdait patience. À bout, lui aussi.

« Tu ne sais plus ce que tu dis, tu deviens folle.... On est en sécurité ici. Personne ne viendra nous déloger. »

Le vieux Ramirez savait qu'un drame pouvait arriver d'un moment à l'autre et il essayait tant bien que mal de rassurer sa femme.

C'était un homme bourru, mais bon. Un cœur ouvert et une grande sensibilité. Outre la situation accablante, l'état de sa compagne de toujours l'affligeait.

Au fond, Ramon avait raison, seule la fuite était leur salut, notre seule issue à tous...

À quatorze ans, j'avais quitté la petite école du village pour aider mon père sur la modeste exploitation familiale. Plus tard, je prendrai sa suite, cultiverai les terres attenantes, amènerai paître les troupeaux, là-haut à la belle saison. J'aimais cette vie au grand air en montagne, à parcourir les chemins avec mes deux chiens à la recherche de quelques brebis égarées ou d'une source bien fraîche. Les forêts, ravins, cailloux et cimes environnants étaient devenus mon domaine depuis mon plus jeune âge. Je m'y sentais bien et n'aurais laissé ma place pour rien au monde.

Mon frère et ma sœur avaient dix ans ; jumeaux, ils étaient complices. Cependant, chez nous, j'étais le grand, ils m'écoutaient et me craignaient. Un référent.

Le soir de la fameuse discussion entre mon père et le vieux Ramirez, Pablo ne dormait pas non plus. Il avait lui aussi surpris l'échange entre les deux hommes... Bien sûr, il ne comprenait pas toutes ces affaires de grandes personnes mais savait, malgré son jeune âge, que l'affaire était grave. Il avait évidemment mis notre sœur Lola au courant. Nos parents eux, ne se doutaient pas que leurs cadets connaissaient la situation.

Au matin du 3 avril, le village se réveillait sous un ciel gris. Pesant. Un vent doux soufflait du sud, annonciateur d'un changement de temps. Déjà, les sommets voisins s'encapuchonnaient de nuages blancs, des formes étranges qui laissaient augurer de l'arrivée imminente de la pluie. Là-haut, il neigerait sans doute.

J'effectuais de menus travaux tandis que mon frère et ma sœur partaient pour l'école, insouciants.

« Ils sont là, ils sont là... »

Les nouvelles venaient de plus bas dans la vallée, du hameau de Salinas, situé au confluent de la vallée de Gistain. Emilio Prado, le maire, s'égosillait devant l'église.

« Ils sont là. Ils arrivent... »

À cette heure, quelques hommes avaient rejoint leurs occupations aux champs, à la coupe du bois ou au soin des bêtes.

On se doutait que cet empressement concernait les soldats de la 43e division. Ceux-ci reculaient davantage encore devant l'imminence de l'assaut des troupes franquistes. Mon père et moi avions entendu les appels pressants du maire et déjà, la plupart des habitants se rassemblaient sur la place centrale.

« On est fichus... »

Le vieux Ramirez pestait en ramenant son âne chargé de piquets de bois en vue de confectionner une clôture pour son pré.

Il avait compris que ces soldats en déroute venaient se réfugier au plus haut dans la vallée. Une poche de résistance. La *bolsa* de Bielsa.

Le colonel Beltran*, commandant des troupes exténuées, décimées, tentait d'organiser la défense de la vallée du Cinca et attendait des renforts espérés qui n'arriveront jamais...

« Mes amis, les soldats de "notre" armée vont nous venir en aide. Nous défendre. Tout redeviendra comme avant. »

Le discours du premier magistrat sonnait faux, comme bien souvent...

Emilio Prado était issu d'une riche famille de négociants en bétail et avait amassé une importante fortune. Son père avait été maire, son grand-père également. Les habitants de Bielsa le considéraient comme un incapable qui se sentait bien loin des préoccupations de ses administrés. Seuls l'argent et le profit l'intéressaient.

Un être fourbe et calculateur.

Ses ancêtres n'étaient pas de souche aragonaise mais originaire du centre de l'Espagne. Ici, toute la région était acquise à la cause de la République, Franco était haï. Tous refusaient la dictature, les privations ou la soumission.

Mais, le piège se refermait.

Mon père ne supportait pas Prado. Une haine non dissimulée.

---

* Colonel républicain qui commande les troupes républicaines, la 43e division notamment. Il s'exilera ensuite en Russie.

D'abord, Emilio l'avait battu aux dernières élections et lui, fier comme un Aragonais, ne l'avait pas digéré. Ensuite, il était persuadé que la famille Prado souhaitait la victoire des Franquistes. Elle leur rapporterait beaucoup d'argent. Et puis au village, les gens parlaient. Prado avaient des amis en bas, à Ainsa, des Nationalistes qui soutenaient les actions du futur chef de l'Espagne.

Nous, nous étions communistes, républicains, persuadés que les Espagnols devaient se serrer les coudes pour que notre pays donne du travail à tous. Nous voulions l'égalité des habitants de notre Nation.

Je suis jeune, mais je comprends que cette guerre terrible anéantit les progrès engagés par notre Gouvernement.

Franco et ses amis dictateurs, Hitler et Mussolini voulaient une Europe riche, nationaliste, armée et raciste. Ils souhaitaient éliminer les minorités, ceux qu'ils considéraient comme inutiles. Mon père en avait parlé quand il était candidat à la mairie. Moi, je collais les affiches et assistais aux réunions.

Arrivé sur la place, il apostropha le maire.

« Que racontes-tu Emilio, tu penses le contraire et tu as peur... Ils arrivent ici pour se réfugier, se cacher. Ils sont pourchassés. La plupart ont perdu la vie lors des violents combats de Las Devotas il y a deux jours. Les troupes de Franco sont mieux armées, mieux entraînées, équipées de canons, épaulées par l'aviation. Les soldats valides ne pourront pas nous venir en aide. Pourquoi ne nous dis-tu pas que la situation est désespérée et incontrôlable ? »

Las Devotas, un défilé étroit en aval de Bielsa, aux murailles sombres, un coupe-gorge, propice à un guet-apens.

« Que comptes-tu faire ? s'exclama notre voisine Carmen. Tu sais très bien que ces pauvres soldats sont épuisés, blessés. C'est à nous de les aider.

— Arrête, Emilio, on ne peut pas rester ici, on va tous y passer. Que proposes-tu ? »

Le vieux Ramirez savait que la situation était insoutenable. De plus, les nuits blanches et l'état de la pauvre Angelina le rendaient nerveux et défaitiste. Il était à bout.

« Je ne sais pas, je ne sais plus. Je n'ai pas plus d'informations. »

À dire vrai, Prado n'était plus à la hauteur.

Mais l'avait-il déjà été ?

Mes parents envisageaient sérieusement de quitter notre maison. Les va-et-vient de ma mère à la remise devenaient suspects. Aidée de Carmen, elle préparait des bagages et des provisions. Veuve, notre voisine faisait partie de la famille. La sœur que ma mère aurait tant aimé avoir. Son pauvre Arturo avait perdu la vie en chassant l'isard sur les flancs malsains du Chinipro. Une chute qui avait ému tout le village. N'ayant pas eu d'enfant, la pauvre Carmen n'avait que nous...

En ce 3 avril, un pâle soleil printanier réchauffait Bielsa mais laissait les villageois dans le doute et le désarroi.

En fin d'après-midi, les premiers soldats républicains arrivèrent sur la place de la mairie. Des hommes à pieds, d'autres à moto et certains perchés sur des plateaux de camions. Ils remplissaient également quelques voitures cabossées et poussiéreuses. Ils fuyaient certes, mais cherchaient du réconfort. Et souhaitaient défendre leur territoire et les populations acquises à leur cause.

Leurs visages fatigués, émaciés, en disaient long sur l'âpreté des assauts subis.

Je fus surpris de voir des hommes aux tenues désordonnées, sans uniforme. Ils étaient dépenaillés, certains en chemises et bérets sur la tête. Mon père m'avait expliqué que l'armée républicaine était aussi constituée de volontaires, engagés de leur plein gré pour combattre l'ennemi franquiste. Certains étaient étrangers, hommes de l'ombre ou résistants à l'Europe de la haine. Ils paraissaient affaiblis, affamés, souillés par la bataille. Les combats avaient été rudes, la route du repli longue et semée d'embûches. Ils avaient perdu leurs frères d'armes sous le feu des tirs ennemis.

Emilio Prado n'était pas au rendez-vous... Éclipsé... Un lâche, pensait-on...

Les arrivants s'étaient rassemblés au pied des arcades de la mairie, sous les ordres d'un militaire élégant, grand et autoritaire, le colonel Antonio Beltran. Chef de ce qu'il restait de la 43e division, c'était un homme juste et apprécié de ses soldats. Curieusement, son uniforme était en parfait état, à l'inverse des tenues hétéroclites de ses fantassins. Bien souvent, il avait su prendre les bonnes décisions et avait fait face à des situations délicates. Mais là...

Qu'importe, les villageois se sentaient soulagés de voir débarquer ces hommes en armes, même diminués par la fatigue et la dureté de la guerre.

Devant l'absence du maire, mon père prit sur lui d'aller au devant de nos sauveurs et se dirigea vers Beltran.

« Ramon Camacho, soyez les bienvenus, colonel. Je ne sais où se trouve le maire ? Disons que... Je le représente.

— Enchanté, merci de nous accueillir. Nous avons subi de lourdes pertes. Les Franquistes dévastent tout sur leur passage. La campagne est en feu. La montagne est en flammes. Nous avons tenu une semaine au défilé de Las Devotas mais nous avons plié. »

Il nous expliqua que la 31e division avait été dissoute, des soldats prisonniers, d'autres en fuite et certains fusillés... Il avait également appris que les éventuels renforts espérés, tant attendus, ne viendraient pas...

« Vous êtes ici chez vous, restez autant que vous voudrez, que vous pourrez.

— La situation est dramatique, nos ennemis ont pris Ainsa, nous ont fait reculer... Et maintenant, que faire ? Tenir ici... Combien de temps ? Mes hommes sont épuisés et doivent se reposer ; la plupart ne sont plus en état de combattre. »

Le village s'organisait déjà pour venir en aide à cette armée en déroute. On leur trouva un couchage, aménagea des granges, sortit des provisions. Un accueil triste mais sincère.

Parmi ces soldats, des Français, en voisins, s'étaient joints aux Espagnols pour combattre la future dictature.

La vie locale se recentrait sur l'entraide et la chaleur humaine.

Beltran, lui, ne chômait pas. Il devait remettre de l'ordre au sein de ses troupes, envisager la suite. Un déroulement qui semblait tout tracé. Se cacher et sans doute fuir en évitant d'autres pertes humaines.

L'affaire se compliquerait encore.

Nous hébergions une dizaine de soldats chez nous. Ils logeaient dans la cabane attenante à notre maison. Rustique mais spacieuse, elle ferait l'affaire.

Inquiets, meurtris, nos hôtes parlaient peu mais leurs maigres sourires discrets témoignaient d'une immense reconnaissance.

En soirée, après leur avoir servi un petit repas, un vrai, je pris la peine d'entamer une discussion avec mon père.

J'avançais à pas feutrés... La maison était calme. Ma mère, effacée comme à son habitude, était affairée à la cuisine. Elle ne prenait jamais part aux conversations. Peu importe les décisions prises, elle suivrait.

Pablo et Lola étaient montés, exténués par cette journée pleine de rebondissements ; mon père, cigarette au bec, prenait l'air dans la cour, pensif.

« Papa, qu'allons nous faire maintenant ? Le colonel Beltran t'a parlé ? »

Mon père savait très bien que je me tenais au courant de la situation et qu'il ne pouvait rien me cacher. À quoi bon...

« Oh tu vois, quand les soldats auront récupéré des violents combats de ces derniers jours, certains nous accompagneront en France. Nous irons à Aragnouet et après... Je ne sais pas.

— Mais tu crois que tout le monde pourra passer là-haut, dans la neige ?

— C'est notre seule et dernière chance de se sortir de là. D'ici quelques jours, il faudra que le village soit évacué. Une partie des soldats restera pour défendre nos maisons.
— Tu penses qu'ils peuvent surveiller toutes les Pyrénées ??? »
Mon père se mit à sourire. Un rictus coincé.
« Bien sûr que non, par contre dans les villages français, les gendarmes seront chargés de contrôler tous les mouvements de population. Tu te rends compte qu'on va devoir laisser ici nos bêtes, nos maisons, nos cultures, tout... Toute une vie détruite.
— On reviendra papa, on reviendra. »

Un exode forcé, la Retirada*. Une fuite, une migration contrainte vers la France à travers les Pyrénées pour des milliers de civils et militaires. Vers l'inconnu. Des heures de marche éprouvantes pour des populations peu habituées et peu entraînées. Des sentiers escarpés, encore enneigés. Mais un espoir de survie. Une porte entrouverte vers un avenir meilleur.

Mon père était tracassé. Une anxiété teintée de colère. Je profitai du calme pour me rendre à la porte de la grange que j'entrouvris discrètement. La plupart des soldats dormaient déjà, harassés de fatigue. De légers ronflements se mêlaient à des gémissements de douleurs. Certains de ces hommes souffraient de leurs récentes et sérieuses blessures.
Monté dans la chambre commune, je m'aperçus bien vite que Pablo et Lola ne dormaient que d'un œil. Mon frère m'attendait.
« Hé Juan, on part quand ? »
Il parlait à voix basse pour ne pas être entendu depuis la cuisine. Il semblait déterminé à fuir.
« On a parlé avec Lola, tu sais.
— Parlé de quoi ? Pablo, vous êtes encore très jeunes, tu ne crois pas ? Qu'as-tu dit à ta sœur ?
— Elle a peur de mourir, elle fait des cauchemars toutes les nuits, tu le sais, non ? On doit faire quelque chose. Tu connais le chemin qui mène en France, tu as souvent mené les bêtes là-

* Retraite des troupes républicaines et des populations civiles devant l'avancée des armées franquistes.

haut. Avec Lola, on voudrait que tu nous le montres et ensuite, on se débrouillerait. Que veux-tu qu'on fasse ici ? Attendre de se faire tuer ? »

Pablo n'était plus un enfant à qui on raconte des histoires. Il avait écouté aux portes, analysé la situation et l'avait exposée à notre sœur qui l'avait parfaitement comprise. Il faisait preuve d'une étonnante maturité. Sa détermination m'impressionnait tout en me faisant peur.

« Pablo, vous voulez quitter le village, passer par la montagne enneigée pour rejoindre la France ? Mais c'est de la folie ! Je connais l'endroit, c'est vrai ; j'y traîne, mais en été et jamais sans Papa. En cette saison, c'est pas pareil !

— Tu peux nous indiquer le départ, jusqu'au plateau de Port Vieux, ensuite on y arrivera. La frontière n'est pas si loin. Lola est prête à tout et si on attend le reste du village, ce sera peut-être trop tard. »

Le ton montait et il s'impatientait.

« Ne parle pas si fort, on pourrait t'entendre. Vous ferez quoi une fois en France ? Vous croyez être accueillis à bras ouverts ? La France ne veut pas d'étrangers !

— On n'en sait rien. On veut juste la liberté. De toute façon, c'est décidé. Demain, on se prépare et à la tombée de la nuit, on s'en va. Lola sait où Maman a caché les provisions, les vêtements chauds et les couvertures. Elle l'a observée. Tout ce remue-ménage l'a perturbée. On a prévu de passer une nuit dans la montagne, peut-être deux. Pas plus. »

Leur décision me glaçait, sachant que dans une vallée voisine, une famille avait été retrouvée morte de froid en tentant de franchir un col... C'est du moins ce qui se disait.

Cependant, leur plan était parfaitement construit, établi. Jamais je n'aurais imaginé que mon frère et ma sœur soient devenus des rebelles organisés ; de jeunes aventuriers qui avaient pensé à tout. Je me heurtais à une décision difficile à prendre.

Les laisser partir seuls, à dix ans, au cœur d'une montagne hostile et devenir le complice d'une fugue ?

Trahir mon père et abandonner le reste du village en n'apportant pas mon aide de jeune homme robuste ?

Laisser là une vie tracée, souhaitée ?

« Écoute, Pablo, on va essayer de dormir, on en reparle demain. »

Il acquiesça mais je sentais bien qu'il ne lâcherait pas l'affaire. Il semblait tellement décidé à aller jusqu'au bout.

La nuit fut difficile, habitée de rêves aussi étranges les uns que les autres. Je me voyais tour à tour soldat, me battant contre les Franquistes, rampant dans la neige au beau milieu d'une tempête. Je m'éveillais en sursaut, déchiqueté par une grenade ennemie. Suant, tremblant, je me rendais bien compte que le sommeil de Pablo était également peuplé de songes bizarres. Curieusement, Lola semblait calme et dormait paisiblement.

Au matin, le ciel s'était assombri en aval du village. Des fumées. Preuve que les troupes ennemies poursuivaient leur avancée destructrice. Inexorablement. Des maisons incendiées, des troupeaux en fuite, certains animaux égorgés, des vols, de pauvres gens arrêtés… L'envahisseur ne rencontrait désormais aucune résistance.

Ni Pablo, ni moi n'avions fermé l'œil.

Sortis du lit plus tôt que d'habitude, une tranche de pain avalée en vitesse, nous devions replanter des piquets de clôture en vue d'aménager des enclos au-dessus du village. D'en haut, nous observions notre refuge.

À quoi bon travailler dans les prés ?

à quoi bon préparer le retour des bêtes au grand air ?

Pour tout abandonner ici.

Pablo ne quittait pas le bas de la vallée des yeux. Il savait que par là, le long du rio Cinca, arriverait l'ennemi, épaulé par des moyens aériens.

Même la douceur de ce petit matin d'avril sentait le départ. Inéluctable.

Nous n'avions pas encore échangé un mot. Mon frère se lâcha.

« Juan, es-tu prêt à partir avec nous ce soir ? Lola doit dérober quelques affaires dans la remise. Maman ne soupçonnera rien et à la tombée de la nuit, on quittera le village. Si tu ne veux pas, notre décision est prise. On va s'enfuir. »

Cet aplomb, ce courage me bouleversaient. Une volonté sans faille. J'étais tiraillé entre un village à aider, un rôle protecteur à assumer et un frère et une sœur à ne pas décevoir. Au fond de moi, je savais pertinemment qu'ils avaient raison, que leur fuite imminente serait risquée mais salutaire.

« Pablo... »

Il me coupa la parole et suivit son fil.

« Lola a fait un dessin à maman, elle le posera sur la table de la cuisine avant de partir. Elle a aussi préparé un mot, elle demande pardon aux parents et explique notre départ.

— Tu ne crois pas que c'est à moi de le faire. Je ne peux pas vous laisser partir seuls. Un devoir de grand frère. Il faudra que vous soyez courageux. Le chemin est rude, long et enneigé. Une fois en France, on verra. Papa connaît une famille à Aragnouet avec laquelle on échange les terres de pâture. Ils sont déjà venus ici. »

Depuis toujours, la haute vallée espagnole était tournée vers le versant français. Les populations locales échangeaient leurs terres dans la plus grande amitié pour l'alimentation des bêtes. On partageait naturellement les estives, les labeurs et la main-d'œuvre.

« Mais il y a un problème...

— Quel problème Juan ?

— Les Français. Les Français veulent fermer la frontière et contrôler les passages. Mais on ne va pas reculer, on réussira. Ce soir, quelques heures après le coucher du soleil, tout le monde dormira, enfin j'espère.

— Tu sais Juan, les habitants du village seront bientôt de l'autre côté, nous, on fait juste que s'avancer.

— Sans doute. Je laisserai un mot. J'ai l'impression de les trahir, de les abandonner à leur triste sort. J'ai peur qu'on ne supporte pas le froid là-haut.

— Je te l'ai dit, Lola doit encore récupérer quelques couvertures. Ne t'inquiète pas, ce n'est pas le plus important. »

Des bruits de pas se firent entendre, qui coupèrent net notre conversation. Nous nous remîmes au travail. Notre dernière tâche dans les champs... Avant la fuite...

C'était notre père.

« Bien dormi les garçons ? »

Il n'attendit pas notre réponse et enchaîna :

« Les soldats sont levés, Carmen et votre mère leur apportent pain et café. Certains sont gravement touchés, on ne sait pas s'ils vont s'en sortir. Ils attendent les ordres. Le colonel Beltran n'espère plus de renforts extérieurs, aucun passage de troupes ne peut se faire. Les voilà pris au piège de cette souricière.

— Père, qu'avez-vous décidé au village ? Je veux dire... On ne peut pas rester ici. »

Je regardais Pablo du coin de l'œil de peur qu'il ne gaffe.

« Le départ. On va quitter Bielsa. Beltran détachera quelques hommes pour assurer notre convoi pédestre jusqu'au Port Vieux et sécuriser notre traversée vers la France. Les autres assureront la défense du village... vide ! Le départ est prévu pour le 6, dans deux jours. Il m'en a touché quelques mots tout à l'heure, lors de la visite à ses hommes. Il paraît anéanti. Mais, il ne peut pas abandonner une population civile aux mains des Franquistes. »

Nous retournâmes tous trois au village, à trente minutes de marche. Tout semblait si calme, presque figé.

Les femmes, aidées de Lola, se démenaient pour apporter leur réconfort aux soldats.

Une chaleur, simple et appréciée.

Ma mère paraissait inquiète.

« Il faudrait aller voir le vieil Ernesto, lui dire que nous allons tous partir. Angelina ne va pas bien, il l'a veillée toute la nuit.

Il doit organiser sa fuite, comme nous. »

Je savais qu'il ne me restait que quelques heures avant le départ pour ce voyage incertain ; avec la mission de conduire mon frère et ma sœur vers la liberté. Nous étions des éclaireurs.

Il était difficile de mener à bien notre projet sans se faire prendre. Ma sœur m'impressionnait car elle avait tout préparé. Une obstination étonnante.

Le soleil déclinait tranquillement, empêché par les cimes voisines du village. La nuit tomba bien vite et chacun retourna à ses occupations : le départ occupait toutes les têtes, deux jours tout au plus. Aux ordres du colonel Beltran.

Avec mes protégés, nous faisions comme si...

Notre fugue débuterait dans quelques heures. Je devais les réveiller vers minuit. Nous avions caché notre matériel sous un rocher en amont du village.

J'estimais à dix kilomètres la partie « facile », sur un large chemin charretier avant d'attaquer la haute montagne. Ensuite, c'était l'inconnu. Je me souviens y être monté deux ou trois fois, en été... Je pensais que cinq heures de marche seraient ensuite nécessaires pour atteindre la frontière au Puerto Viejo. Après... On verrait, il ferait jour...

Nous mangeâmes dans un silence inquiétant, pesant. Nul n'osait prendre la parole. Mon père se lança :

« Alors Juan, cette clôture ? Pablo t'a bien aidé. Vous avez avancé ? Demain, vous terminerez l'enclos. »

Je restai un instant sans voix, la tête évidemment ailleurs. Pablo ne décrochait pas le nez de son assiette de soupe, perdu dans ses pensées. Lola semblait détendue, soulagée. Elle jouait le jeu d'une enfant peu concernée par la situation. Et pourtant...

« Oui Père, je pense qu'on pourrait monter les bêtes dans l'enclos d'ici deux jours. »

« Mais... À quoi bon ? » pensai-je...

Mon père semblait faire comme si rien ne se passait. Peut-être ne voulait-il pas affoler ses deux plus jeunes enfants.

Je n'insistai pas. L'ambiance était suffisamment morose.

On frappa à la porte. Trois coups brefs mais insistants.

Ma mère, affairée comme bien souvent, quitta sa souillarde et alla ouvrir.

Un visage amaigri, inconnu, se tenait sur le pas de la porte. Sans doute un des soldats de la 43e division. Une mine affectée, un corps décharné et mutilé.

« Bonsoir Madame, veuillez m'excuser, je cherche Ramon Camacho. Le colonel Beltran souhaiterait organiser le départ avec lui.

— Bonsoir Monsieur. Ramon... Un militaire te demande ! »

Mon père représentait désormais l'autorité du village, en l'absence suspecte d'Emilio Prado. Il était devenu le référent des militaires en fuite et des habitants.

Le rendez-vous avec le chef de cette armée en déroute était prévu demain matin, 5 avril, à la première heure.

« J'y serai, bien sûr. Vous pouvez compter sur moi. »

Il ne daigna pas se lever, préoccupé.

Mon père ne tenait pas à s'étendre sur la suite des opérations. Ne pas éveiller les soupçons de ses deux petits... C'était l'affaire des grandes personnes.

L'homme ne se retarda pas et prit congé en nous souhaitant une bonne soirée...

La nuit allait être longue.

Vers neuf heures, nous montâmes nous coucher, comme tous les soirs. Avant de quitter la maison, je devais encore écrire le mot qui expliquerait notre choix. C'était mon devoir de grand frère. À la lueur d'une bougie dérobée dans l'un des tiroirs du meuble de la cuisine, je griffonnai quelques lignes sans doute maladroites...

Maman, Papa,

Quand vous lirez ces lignes, Lola, Pablo et moi, nous serons déjà loin. Nous avons décidé de quitter le village, de gagner, seuls, notre liberté. Pablo dit qu'on est des éclaireurs, qu'on prépare le terrain. Avec sa sœur, ils sont déterminés et ils voulaient partir tous les deux. Je n'ai pu les raisonner. Donc, nous irons tous les trois. Papa m'avait montré le chemin du Puerto Viejo ; je le retrouverai. Tout va bien se passer. D'ici deux ou trois jours, on sera tous réunis de l'autre côté, à l'abri... En sécurité. Libres. Prenez bien soin de vous.

Pardon pour tout. Je vous aime.

Juan.

De grosses larmes inondaient mon visage jusqu'à couler sur ma feuille. Je devais me ressaisir.

Dans la pénombre, Pablo m'entendait sangloter. Notre sœur s'était endormie, imperturbable. Elle devait se reposer. Allongés sur nos lits, nous attendions, fébriles, l'heure de nous mettre en chemin.

Minuit. La maison semblait calme. Mes parents avaient dû s'assoupir, inquiets et tiraillés par la situation.

Le moment du départ.

Pablo réveilla sa sœur qui ne tarda pas à quitter son lit, une couverture sous le bras. Nous n'échangions aucune parole. Et surtout, il fallait éviter de faire grincer les marches de l'escalier. Je déposai mon message en évidence sur la table de la cuisine et Lola y joignit son dessin.

Une famille unie posait devant une montagne entourée d'un troupeau. On pouvait aisément reconnaître les prés ceinturant le village...

À pas feutrés, sans bruit, nous quittions la maison... notre maison. Peut-être pour toujours.

Dehors, l'air semblait si pur. Nous devions récupérer notre matériel dissimulé sous le rocher. Connaissant le terrain par cœur, malgré la seule lampe que nous possédions, trouver la cache fut un jeu d'enfant. Quelques provisions, des vêtements, une couverture pour chacun. Lola n'avait pas de sac sur le dos. Inutile de la charger d'un baluchon encombrant.

Un dernier coup d'œil sur le village dans le noir. Pas un bruit. Comme si le temps s'arrêtait. Je ne pensais qu'à notre survie et au trajet que nous avions à accomplir. Le chemin était évident, malgré la nuit d'encre. Un ciel étoilé, sans lune. Une large voie empruntée habituellement par les troupeaux et les carrioles. Nos pas rapides tentaient d'éviter les pièges, cailloux, trous ou racines.

J'ouvrais la route, suivi de près par Pablo et Lola. Elle chantonnait, sans doute pour se donner du courage et oublier de penser... En contrebas de notre ligne de fuite, le rio Cinca grondait de toutes ses eaux de fonte. Ce tapage assourdissant nous laissait imaginer la furie du torrent. Au bout de trois ou quatre heures de marche environ, notre large piste se transforma en un sentier étroit et plus raide. Nous allions attaquer la haute montagne et on commençait à distinguer les premières plaques de neige dans l'aurore naissante.

Quelle heure pouvait-il être ? Cinq, six heures du matin ?

Au fond, cela n'avait aucune importance. Nous fîmes une halte sous une température nettement plus fraîche. À présent, nous entrions dans l'inconnu.

Au village, le jour pointait. Mon père se rendrait à la mairie, élaborer un plan d'évacuation des habitants avec le colonel Beltran.

Ma mère s'était levée la première en vue de préparer l'exode. Il lui restait à rassembler les affaires des enfants... Elle entra dans la cuisine et prépara le café. Comme tous les matins.

Elle découvrit bien vite un papier froissé, une feuille colorée, bien en évidence sur la table, au centre de la pièce. À sa lecture, elle comprit.

« Ramon ! Ils sont partis. Les enfants ; ils sont partis. »

Elle monta les marches quatre à quatre et ouvrit la porte de la chambre. Personne. Ses trois enfants avaient bel et bien quitté la maison.

Déjà, mon père se tenait debout devant le fourneau, ma lettre à la main.

« J'aurais dû m'en douter. Ils veulent passer la frontière, seuls. »

Le dessin de Lola entre les mains, Maman éclata en sanglots.

« Mes enfants...

— Écoute, Vitoria, Juan a désobéi mais jamais il ne fera n'importe quoi. Tous les trois savent très bien que nous emprunterons sans doute le même chemin d'ici peu. Il faut qu'on soit forts, Juan connaît l'endroit, ils sont jeunes et en bonne santé. Nous, on doit s'occuper des personnes fragiles au village. Elles ont besoin de nous, de toi et Carmen. »

Mon père la serra dans ses bras mais elle ne pouvait s'empêcher de penser à nous trois, ses enfants adorés, dans la montagne, à la merci des éléments et peut-être des soldats ennemis. Ramon tenta de la rassurer tant bien que mal.

Ce matin, le café avait un goût amer... Une triste saveur d'impuissance.

Vers 7 h 30, il devait honorer le rendez-vous fixé par Beltran à la Mairie. Ma mère irait ravitailler les soldats dans la grange et tous deux avaient décidé ne pas évoquer notre fugue tout de suite.

Il entra dans le bâtiment et découvrit, dans une petite pièce sombre, un militaire digne et grave dans un uniforme parfaitement porté.

« Bonjour, Monsieur Camacho. Si je vous ai demandé de venir ce matin, c'est d'abord parce que j'ai une entière confiance en vous et que vous saurez mener le cortège à travers la montagne. On a estimé la population civile à six mille personnes environ. Tous les villages de la haute vallée du Cinca. Bien sûr, nous procéderons par vagues qui seront encadrées par quelques-uns de mes hommes. C'est pour cela que j'essaie de rencontrer tous les maires concernés. Il faudrait que d'ici une semaine, dix jours au plus tard, tout le monde ait été évacué. D'après mes informations, la fermeture de la frontière est prévue par le gouvernement français d'ici peu. Vous devrez être passés avant. Cela vous semble possible ? À dire vrai, nous n'avons pas le choix.

— Bielsa et Parzan comptent environ cinq cents personnes, ça ira.

— Une fois que tous les civils seront en lieu sûr, nous tiendrons jusqu'au bout. Les armées franquistes avancent, bien plus nombreuses et entraînées... Sans doute serons-nous obligés de fuir aussi. »

Il marqua un temps d'arrêt puis continua :

« Tenez les habitants prêts à partir pour après-demain. Qu'ils se munissent du strict minimum. Nourriture, quelques vêtements, papiers d'identité. À pied, on ne peut emmener grand-chose... Des questions Monsieur Camacho ? Vous êtes l'homme de la situation ! »

Avec une rigueur toute militaire, les propos de Beltran avaient été limpides. Clairs et concis.

À l'évidence, les deux personnages s'appréciaient. Une confiance mutuelle.

Le plus difficile restait à faire : entreprendre le tour des maisons et annoncer le départ imminent. Dire aux gens de laisser là une partie de leur vie, de leurs souvenirs ; habitations, animaux... Leurs racines et leur âme.

Je pensais qu'à cette heure, mon père devait être reçu par Beltran. Nous savions tous les trois que nos parents avaient découvert notre plan et on pouvait imaginer leur réaction de désarroi.

Le jour était levé et le soleil pointait, tentant de nous réchauffer. Sans doute un bon signe. Nous avions bien marché et une fois de plus, Lola m'avait étonné.

« On continue Juan, on trouvera bien le chemin. »

Elle semblait mener notre fuite. Pablo, lui, parlait peu, occupé à penser.

« Oui, petite sœur, c'est sûr. Le chemin va monter davantage, il faudra trouver le bon passage. Je sais qu'on doit rencontrer une cabane pas très loin d'ici. On y fera une autre halte. »

Le sentier se raidissait, se chargeait de neige. Nous étions équipés de chaussures peu étanches et je craignais que nous ayons rapidement les pieds trempés.

Pour l'instant, le manteau blanc pouvait s'éviter en empruntant de raides pentes mêlées de cailloux.

À présent, il faisait grand jour. Après le goulet de la cascade dont je me rappelais vaguement l'existence, la cabane fut en vue. Blottie sous un rocher, elle se fondait dans ce paysage printanier. À son approche, des traces de pas à peine visibles éveillèrent notre attention. Elles menaient vers l'entrée de la bâtisse dont les abords étaient encore encombrés de neige. Pablo, qui marchait devant, se précipita vers la porte. En ouvrant l'abri, il hésita...

Dans un recoin de ce modeste intérieur, un vieux lit et un matelas éventré. Une silhouette se tenait là, allongée. Inerte. Pablo, d'abord intrigué, recula et ressortit.

À voix basse, il m'interpella.

« Juan, dans le lit, il y a quelqu'un qui dort... »

Je m'approchai doucement de ce corps immobile... Bien vite, je m'aperçus qu'il ne dormait pas. Il était mort. De froid ? De faim ? S'était-il égaré dans le mauvais temps ? Les maigres lambeaux de couvertures qui le recouvraient n'avaient sans doute pu le protéger....

« Pablo, cet homme est mort. Essaie de maintenir Lola à l'écart de la cabane. »

En revenant près du lit, je tirai les restes de couverture.

Ma surprise fut terrible. Antonio Ruiz, un oncle éloigné de ma mère. Ce vieil Aragonais vivait au-dessus de Parzan, dans une masure, oublié de tous. Misérablement. Il devait avoir environ soixante-quinze ans. Mentalement diminué, il voulait défendre son territoire et se cachait souvent au cœur des montagnes, à surveiller l'ennemi...

Lola n'était pas entrée... Elle demeurait assise sur un rocher, grignotant en compagnie de Pablo.

L'air de rien, je les rejoignis, tentant de faire bonne figure. Bizarrement, elle ne posa aucune question. Elle avait faim.

« On devrait repartir, dans peu de temps, nous serons à l'*ibon*. Ensuite, la France ne sera pas loin... »

L'*ibon*. Ce lac marquait la proximité de la crête.

Lola semblait moins enthousiaste, le moral entamé.

« Allez Lola, regarde là-haut, la frontière.

— J'en ai marre Pablo, je voudrais être arrivée. Je crois que Papa et Maman me manquent. »

Notre sœur commençait à comprendre que notre fugue pouvait paraître ridicule, dangereuse... Je ne cessai de penser au pauvre Antonio. À la réaction de ceux du village quand ils passeraient par là...

Le plateau de l'*ibon* était bien plus enneigé que ce que je ne l'aurais imaginé.... Notre progression devenait pénible. Avec espoir, je me disais que nos traces témoigneraient de notre passage. Je m'appliquai à faire de petits pas pour éviter à Lola de se fatiguer... Le passage du Port Vieux se gagnerait au prix de difficultés imprévues....

« Allez, on y est presque. Quelques minutes sans doute.

— Quelques minutes, tu dis toujours ça. J'en peux plus. »

Lola tenait le coup, Pablo fermait la marche, imperturbable et courageux.

J'avais raison, la montée s'arrêtait là. Un passage étroit. Une corniche marquait le col. La France. Et en contrebas... la Liberté.

Le Port Vieux, passage qui permit (avec celui de Bielsa) aux populations aragonaises de franchir la frontière et de gagner ainsi la large vallée de la Géla et le premier village français, Aragnouet.

« Dans peu de temps, on sera à l'abri, il y a des cabanes sur le plateau, en bas. On les voit. On se reposera cette nuit et on continuera sur Aragnouet. On est en France ! »

Des larmes inondèrent les joues de Lola déjà rougies par le froid et le vent.

Le versant français, raide et escarpé restait maculé de blanc. Il faudrait faire des traces plus profondes. Nos pieds mouillés nous brûlaient la peau mais nous savions que plus bas, les prairies remplaçaient la neige. Arrivés à temps, nous pourrions sécher... Nos vêtements et nos corps fatigués.

Après quelques ornières profondes, notre cheminement devint plus facile, perdant de l'altitude et retrouvant des pentes ensoleillées. Le dernier plateau fut traversé rapidement avec en vue, les cabanes. Un abri et un repos bien mérités. Notre refuge avait souffert des rigueurs de l'hiver et la neige s'était entassée dans l'unique pièce. La porte, sans doute mal verrouillée n'avait pas résisté aux assauts des tempêtes.

Pablo et moi commençâmes tant que mal à en déblayer l'intérieur. Au soleil sur une pierre plate, Lola s'était endormie, assise. Épuisée.

Il ne nous restait que quelques heures de lumière. Cependant, il fallait se reposer, manger et se revigorer. J'étais fier de mes jeunes compagnons d'infortune. Nous partîmes à la recherche d'un peu de bois ; quelques buis morts et vieilles souches de pins feraient bien l'affaire. Très vite, les flammes crépitèrent et réchauffèrent la pièce. La nuit serait paisible, agrémentée d'un feu bienfaiteur. Pablo avait eu l'énergie de récupérer davantage de bois pour les prochains occupants… Après un petit repas, la discussion avait été brève.

J'eus du mal à m'endormir malgré la fatigue d'une journée éprouvante. Faire la trace, marcher dix? Douze heures? Demain, nous serions accueillis par des habitants d'Aragnouet, premier village français. Sans doute aussi par des gendarmes…

Mais nous avions accompli notre tâche.

Ouvrir la voie, ce chemin de la liberté.

Au petit matin, le froid nous réveilla tous les trois.

Quelques tranches de pains bien vite avalées, notre matériel rudimentaire replié, nous quittâmes notre cabane. La neige fondue laissait apparaître un large chemin qui serpentait vers la vallée.

Mon père avait suivi à la lettre les ordres et recommandations du colonel Beltran. Les habitants devaient partir aujourd'hui, un jour après nous.

Sa délicate mission l'avait affecté. Les gens du village, bien que conscients de la situation, ne pouvaient se résoudre à tout laisser là.

Et puis le drame… Ce matin, le vieux Ramirez avait retrouvé la vieille Angelina pendue à une poutre de la grange. Le désespoir, la folie lui avait donné la force de passer à l'acte…

Il l'avait laissée seule quelques minutes pour aller donner un coup de main à mon père. Notre pauvre ami était dévasté. Trois soldats furent dépêchés pour le maîtriser…

À présent le village était prêt à affronter l'inconnu, découvrir une vie nouvelle en attendant des jours meilleurs. Une cinquantaine d'hommes de la 43e division accompagnait la première vague de ces migrants aragonais en fuite.

Depuis peu, des avions ennemis avaient survolé Ainsa en vue de préparer des bombardements ciblés. Ils devaient anéantir la piste d'atterrissage construite à la hâte sur le plateau de Pineta pour favoriser l'acheminement de matériel destiné à la défense de la vallée.

Chaque habitant portait un sac ; deux pour les plus aguerris. Le strict minimum avait ordonné Beltran. Un simple bagage comprenant de maigres affaires. Certaines bêtes avaient rejoint leurs quartiers d'été. Des vaches, leurs veaux, moutons et brebis prêtes à agneler... Seuls quelques chiens seraient de l'exode...

Le lendemain matin, la première vague se mit en route. Outre mon père, beaucoup connaissaient les chemins que les migrants allaient devoir emprunter. Mais la marche serait longue ; les charges, l'âge de certains, le poids de la détresse...

En quelques heures, cette masse de pauvres gens se trouva à l'entrée du vallon de Port Vieux. À la vue des premières neiges, les plus faibles se résignèrent. Les soldats les obligeaient à avancer. Compréhensifs. Mais insistants et brutaux pour certains d'entre eux.

Tous savaient à présent que nous nous étions enfuis. Nous manquions à l'appel. Curieusement, nos parents furent peu questionnés.

La cabane n'était plus très loin. Quelques soldats ouvraient la marche en compagnie de jeunes robustes.

Lorsque l'un d'eux atteignit l'antre et ouvrit la porte, il découvrit à son tour le corps du pauvre Antonio que tous au village connaissaient.

Mon père s'approcha.

« Antonio, c'est le cousin de ma femme ; il aura voulu surveiller ses montagnes et combattre à sa façon. »

Le vieux Ramirez, ami d'Antonio était inconsolable. D'abord « son » Angelina puis Antonio. Il le vivait comme une injustice. Il avait laissé la dépouille de sa bien-aimée, enterrée à la va-vite dans le petit cimetière du village.

« On doit l'inhumer, ici, sur son territoire. »

La neige, le manque d'outils ne permettaient pas de lui offrir une sépulture convenable. Il fallait trouver un moyen de protéger son corps des vautours qui, affamés par des longs mois d'hiver, trouveraient là une pitance bienvenue.

Il s'agissait de ne pas perdre de temps, passer en France ce soir et dormir aux cabanes de la Géla.

« J'ai trouvé ce qui fera l'affaire. »

L'un des soldats avait repéré un recoin de rocher, un trou qui pourrait accueillir ce pauvre Antonio. Une pierre tombale décente.

« Ce sera très bien, notre ami reposera en paix. »

On se recueillit autour de ce nid de roche avant d'abandonner Antonio à sa montagne.

La marche reprit. Lente et laborieuse. Très vite, mon père aperçut nos traces. À peine effacées, elles constitueraient un repère et faciliteraient leur cheminement.

« Les traces, là. Ce sont forcément celles de nos enfants. »

Mon père s'empressa de les montrer à ma mère, pour la rassurer.

« Alors ils sont passés par là. Je suis fière d'eux. »

Elle marchait près de la tête du cortège, soutenant Carmen qui semblait épuisée.

« Juan a suivi son instinct. Il se sera souvenu de nos moments passés là-haut à garder nos bêtes l'été. »

Le moral était revenu avant d'attaquer la montée enneigée vers le Port Vieux.

La fatigue accompagnait surtout les plus âgés mais le beau temps et une douceur relative permettaient à tous d'être optimistes...

Le col fut atteint plus rapidement que prévu. Nos traces guidaient le trajet de nos suivants. Les premiers attendirent les retardataires, à l'abri de la corniche. Le soleil réchauffait l'atmosphère et les cœurs. Chacun tentait d'oublier ce qu'il laissait derrière...

Toute une vie pour certains. Une existence à reconstruire sur cette terre d'accueil.

« La France, nous sommes en France ! »

Mon père tentait de motiver les troupes. De nombreux marcheurs avaient les pieds gelés. Leurs chaussures étaient mouillées. Ils souffraient, frigorifiés, mais faisaient face. Il fallait faire vite pour sécher les affaires aux cabanes de la Géla. La descente se déroula sans encombre.

Mon père connaissait bien le coin et savait que les petites bâtisses ne pourraient accueillir tout le monde. Certains seraient contraints de dormir à la belle étoile.

Nous retrouvions la végétation, des arbres dont les feuilles apparaissaient en ce début avril. Des bouleaux, des hêtres. Des prés tapissés d'herbe verte et tendre. Des chants d'oiseaux et le cliquetis de sonnailles annonçant l'arrivée des troupeaux. Bientôt, quelques granges furent en vue. Entretenues. Une présence humaine. Une montagne habitée.

Les premières maisons d'Aragnouet, à l'écart du village. Lola ne disait rien et marchait machinalement, en boitant. Elle avait les pieds en sang, des ampoules. Elle ne se plaignait pas. Comme bien souvent. Déterminée.

Nous passâmes au bord d'un champ au centre lequel des hommes travaillaient. Comme chez nous, à Bielsa, ils clôturaient leurs prés. C'était la saison.

Leurs regards étonnés en disaient long sur la vision de trois enfants marchant sur un chemin, si tôt en matinée. Ici, à Aragnouet, la population connaissait de nombreux Aragonais, des voisins. Les échanges étaient nombreux. Une entraide, depuis toujours. Les Français savaient ce que subissaient les gens de la vallée du Cinca, si proche. Ici, tout le monde s'attendait à notre arrivée un jour ou l'autre.

Un des paysans nous héla.

« Vous venez d'Espagne ? Seuls ??? »

Le ton de sa voix montrait une grande surprise.

« Nous sommes les enfants de Ramon Camacho. Disons qu'on s'est avancés… On est des éclaireurs. »

On sentait la fierté dans les propos de mon frère.

Mais Pablo n'avait pas pensé à la barrière de la langue en répondant à cet homme. Je l'aidai à se faire comprendre.

« Ramon Camacho. »

Il saisit bien vite et nous dit qu'il connaissait notre père. Il proposa de nous accompagner à Fabian. J'essayai de lui expliquer que bien d'autres exilés franchiraient à leur tour la frontière, très bientôt. Désormais, la haute vallée d'Aure se préparait à voir arriver des migrants, des rescapés d'une guerre qu'ils n'avaient pas voulue.

« Je vais vous conduire chez moi. Vous devez être épuisés ! Mais avant, nous devons passer à la mairie. On doit vous enregistrer. »

Nous ne saisissions pas tous les mots de cet homme qui pourtant faisait beaucoup d'efforts pour se faire comprendre. Il connaissait des bribes d'espagnol. Son large sourire inspirait la confiance.

Tant bien que mal, on nous expliqua que nous allions être fichés. Nous étions des réfugiés. Apatrides.

Il ne nous restait que quelques kilomètres à effectuer et au fur et à mesure, les rares personnes et même des jeunes rencontrés, se joignaient à nous. Étions-nous des héros ? Des bêtes curieuses ? Ou simplement des êtres humains en marge ?

Bien vite, en traversant Fabian, des gendarmes prirent le relais de nos premiers guides. On nous demanda notre identité. Nous n'avions aucun papier. La seule preuve de notre passage de la frontière était notre état de fatigue, notre tenue, notre saleté et notre langue maternelle. Nous ne comprenions pas grand-chose au discours des gardiens de la paix de Saint-Lary qui voulaient pourtant nous aider. Ils avaient dépêché un interprète qui faciliterait la communication.

« On va vous emmener à la mairie. Vous pourrez manger, vous laver et vous reposer. »

J'essayai de leur expliquer que d'ici peu, de nombreux Aragonais arriveraient. Mais dans l'immédiat, ils s'occupaient de nous...

Lola et Pablo avaient besoin de dormir après ces heures intenses passées dans la montagne. Derrière la maison du peuple, une grange avait été aménagée. Ici, sous un beau soleil printanier, on s'apprêtait à recevoir une importante population de migrants. Hommes, femmes et enfants démunis.

Une grande solidarité s'organisait, imprévue mais spontanée et efficace. On ouvrait des granges à foin qui serviraient d'abris, de centre de soins, de repos. Une tranquillité revenue.

Nos parents arrivèrent le lendemain. Nous n'avions pas vu le temps s'écouler, accaparés par tant d'effervescence. Les premiers soldats entrèrent dans le village, aussitôt désarmés par les gendarmes. Rapidement suivis par des civils fatigués mais soulagés d'avoir franchi les Pyrénées. Au cœur de ce cortège, nous aperçûmes mon père, les traits tirés, il semblait en bonne forme. Il soutenait ma mère et Carmen ; visiblement très affectées par ce voyage pédestre.

Depuis son réveil, Lola ne perdait pas de vue la route venant de la vallée de la Géla. Ce fut pour elle une délivrance.

Pablo et moi, penauds et honteux, ne savions pas comment réagiraient nos parents. Nous nous étions enfuis au nez et à la barbe des habitants de Bielsa...

Pour l'instant, les gendarmes venus en renfort cantonnaient les arrivants devant la mairie ; ils devaient y être enregistrés à leur tour. Les démarches administratives, le contrôle des identités allaient durer.

Au bout de quelques heures, une collation fut distribuée sur la place centrale. Déjà, certains habitants se proposaient de nous héberger dans leurs maisons. D'autres mettaient leurs granges à notre disposition, des couvertures, des matelas et de la nourriture. Nous étions les hôtes éphémères d'une population tout acquise à notre cause. Nul n'était indifférent à notre détresse.

Les autorités, surprises par le nombre élevé de migrants avaient les pires difficultés à gérer cet afflux. Les chemins de la liberté déversaient d'heures en heures leur lot de réfugiés. Fatigués, hébétés, démunis.

Enfin, dans cette cohue, nos parents nous rejoignirent.

Ma mère nous prit dans ses bras, éclatant en sanglots. Elle ne pouvait parler.

« Je suis fière de vous. »

Mon père dissimulait à peine ses larmes. Sa réaction m'étonna. Nous nous attendions à des réprimandes terribles... Mais non. Aucun détail sur leur traversée périlleuse, les difficultés... Le corps du pauvre Antonio.

Il semblait fatigué mais tellement préoccupé et dépassé.

« Un officier de gendarmerie m'a expliqué que nous serions envoyés vers des camps, dans la plaine en attendant... Les vallées sont submergées par cette arrivée massive. Les gens déferlent de partout. Des cols de Plan, du Rioumajou... Mais les habitants comprennent.

— Que va-t-on devenir ? On vivra où ? Du haut de ses dix ans, Lola comprenait qu'elle ne reverrait peut-être jamais notre village.

— Je ne sais pas, ma fille. On me dit que des centres d'accueil sont aménagés par les autorités pour nous recevoir, décemment, humainement prétendent-ils. Tu sais, c'était ça ou mourir sous le feu ennemi... À l'heure qu'il est, allez savoir où en sont les soldats de la 43e. Ils luttent pour leur survie.

— Nous devons nous organiser, nous ressouder. »

À l'image de mes parents, l'immense majorité de ces pauvres gens se sentait déboussolée. Nul ne savait quel serait le futur.

Une vie nouvelle commençait. D'ici peu, nous serions acheminés en bus parfois en train vers des camps d'accueil...

Des interrogations et un avenir sombre.

La certitude d'une famille réunie, d'un peuple en marge désormais à l'abri.

L'espoir d'une courte parenthèse pour un retour sur nos terres, à Bielsa.

Les autorités françaises firent construire à la hâte des centres d'internement. Des réfugiés cantonnés dans des lieux de vie spartiates et parqués dans des conditions d'existence difficiles.

Au pied des Pyrénées, Argelès, Rivesaltes, le Vernet, Gurs et bien d'autres lieux clos offraient une quiétude rudimentaire et éphémère à ces populations venues de l'autre versant de la chaîne.

La poche, la *bolsa* de Bielsa résista un temps aux assauts ennemis... Deux petits mois au cours desquels les troupes républicaines défendirent leur cache... Contraints de fuir sous la mitraille franquiste... Par les sentiers empruntés peu de temps auparavant par les civils aragonais.

Suite au triste dénouement de cette terrible guerre civile, certains réfugiés retournèrent chez eux, dans la nouvelle Espagne, dominée par le dictateur Franco. D'autres firent des régions du Sud, une terre adoptive à l'abri de laquelle vivent depuis ces événements, trois générations d'Espagnols.

Au crépuscule du régime franquiste agonisant, l'amitié franco-espagnole fut consacrée par le percement d'un tunnel routier entre Bielsa et Aragnouet.

Aujourd'hui, le franchissement de la frontière paraît évident pour le voyageur de passage. Sur le versant aragonais, le soleil est parfois plus généreux et les produits de consommation courante meilleur marché.

Au cours de l'hiver, au printemps, la trace des randonneurs à ski s'attarde fréquemment sur les flancs de Port Vieux ou du Port de Bielsa. Les pas des montagnards calfeutrés dans des chaussons rembourrés évoquent ceux, gelés et meurtris des migrants aragonais qui, au péril de leur vie, franchirent ces deux passages en 1938 fuyant l'ennemi et la dictature naissante.

Vers la liberté...

4
les hommes de l'ombre

De la chouette au merle blanc :
le rendez-vous sous l'horloge est à minuit.
Un des derniers messages codés
annonçant un parachutage dans la région de Toulouse
daté du 5 septembre 1944.

Automne 1942, vallée de Nistos*.

Les hêtres et bouleaux accrochés aux flancs des montagnes environnantes évacuaient péniblement les brumes tenaces qui avaient envahi ce modeste recoin des Pyrénées centrales. Vacillantes, leurs feuilles arboraient des teintes de feu. Fauves ou rousses. L'automne s'était installé. Régulièrement beau, souvent nébuleux. Parfois très calme.

L'hiver pointerait bien vite le bout de son nez. Bientôt, il ferait froid. La neige profonde, le gel mordant et le vent piquant. Chacun rentrerait ses bêtes, à l'abri et à la chaleur de la bergerie. Se chaufferait et vaquerait au quotidien en attendant des jours cléments.

La mauvaise saison. Le jeune Léon fréquentait encore l'école de Bas-Nistos ; sous peu, il passerait son certificat d'études et quitterait le nid familial pour s'instruire ailleurs, à la ville. En

* Petite vallée des Pyrénées centrales. Nom donné au village très éparpillé. Le Nistos est le cours d'eau qui coule au fond de cette vallée.

attendant, il participait activement aux travaux de la maison, aux labeurs des champs ou au soin du bétail.

Les Seube possédaient une petite exploitation agricole. De nombreuses terres alentour, des prés en pente pour les troupeaux et des bois difficiles à entretenir, parfois éloignés.

Une vallée peu habitée, une vie laborieuse. Des habitations disséminées, regroupées çà et là en maigres hameaux.

Une vallée enclavée, discrète. À l'abri. Retirée.

Ici la population se sentait aux antipodes du conflit qui faisait rage dans la zone Nord de la France, occupée par l'envahisseur allemand.

La Seconde Guerre mondiale...

La domination germanique sur l'ensemble du continent européen. Une hégémonie militaire, économique et raciale.

La folie d'un homme, une lutte meurtrière et sanguinaire commencé voilà trois longues années.

Depuis deux ans, le chef de l'État français, le maréchal Pétain avait engagé le pays dans une politique de collaboration avec l'Allemagne nazie. Une nation « à la botte » de l'inquisiteur...

L'école était située aux abords de l'église, sur les hauteurs, deux kilomètres en aval de la maison des Seube. Léon aimait s'y rendre à pied, par n'importe quel temps, par la piste carrossable qui desservait les différents quartiers du village.

En chemin, il récupérait fréquemment ses camarades de classe dont Tony et Juan, les jumeaux, comme il se plaisait à les appeler, tous deux d'origine espagnole. En effet, la famille Pérès avait fui la guerre d'Espagne et avait été chaudement accueillie par les gens du coin quatre ans plus tôt.

Depuis le début du conflit et la politique dure, collaborationniste du gouvernement Pétain, les tensions s'exacerbaient.

Ceux qui soutenaient l'action du gouvernement de Vichy acceptaient l'occupation et la soumission.

D'autres faisaient le dos rond, ne prenant pas grand risque, n'émettant aucun avis.

Enfin, des hommes et femmes du refus fustigeaient la défaite et cherchaient à combattre l'ennemi. Ils souhaitaient entrer en résistance ou rejoindre le maquis*.

La France invisible. Occulte et clandestine.

Dans les familles, les avis étaient partagés. Certains villages se déchiraient.

La mairie, mitoyenne de l'école, connaissait en cette mi-novembre une effervescence inhabituelle.

Un attroupement spontané s'était formé devant une pancarte.

Léon et les autres élèves n'en firent pas cas et entrèrent dans la cour de récréation où s'organisaient déjà les jeux traditionnels.

Devant les grilles, les discussions allaient bon train...

« Ils seront là bientôt, il paraît qu'il faut surveiller les frontières ; les Boches** craignent un débarquement.

— Bah, nous, on ne risque rien, tu veux qu'ils débarquent sur quelles plages des Pyrénées ? »

Même inquiet, le vieux Rumeau allait de ses blagues habituelles. Une verve appréciée de tous.

Il levait sa canne ; sa deuxième jambe, disait-il. Il avait été amputé sous le genou suite à l'explosion d'un obus pendant la terrible bataille de Verdun.

« S'il le faut, je ressors le fusil », dit un autre...

Certains anciens du village avaient connu la guerre, la Grande guerre. Ils avaient vécu l'enfer des tranchées, la famine, la vermine et les rats. Ils avaient vu tomber leurs camarades au champ d'honneur.

À quelques mètres, sur la placette de l'église, le monument aux morts trônait là, pour se rappeler.

---

* Lieu retiré où se réunissaient les résistants à l'occupation allemande pendant la deuxième guerre mondiale. En Europe, ils se développaient également en Yougoslavie, Russie ou Pologne. Le nom provient des terrains composés de végétation dense dans les régions méditerranéennes.

** Boches, Fritz, Chleuhs : nom donné aux soldats allemands par les Français hostiles à l'ennemi.

Aux enfants de Nistos, morts pour la patrie.
Ils avaient pris part, malgré eux, à cette odieuse boucherie.
Cependant, ils avaient eu la chance de rentrer au pays...
Avec des plaies morales, souvent physiques qui n'étaient pas près de se refermer.
Une trace à jamais indélébile.
Avec une haine terrible envers l'ennemi.
« Des Chleuhs à Nistos, c'est ce qu'on va voir... »

Sous le porche d'entrée de la mairie, l'écriteau en question faisait état d'un envahissement de la zone Sud par les Allemands. La puissante armée ennemie avait franchi la ligne de démarcation... Un 11 novembre, jour de commémoration de l'Armistice de 1918... Une provocation.
Une agression.
De part et d'autre du papier officiel aux couleurs de la patrie et paraphé par le chef de cabinet de la préfecture des Hautes-Pyrénées, des « V » mentionnant la victoire et symbole d'une timide résistance avaient été peints sur le mur. Discrets mais parfaitement visibles.

Dans un coin de la cour, Monsieur Abadie, l'instituteur actionna la cloche. À son léger tintement, les vingt garçons se rangèrent, sans bruit.
Chacun laissa ses sabots à l'entrée, enfila ses chaussons et prit place dans le calme.
« Asseyez-vous. »
Petit Daniel avait allumé le poêle, unique moyen de chauffage en cette période froide. À sept ans, il était l'un des plus jeunes de la classe et effectuait cette mission utile qui le remplissait de fierté.
Monsieur Abadie avait un regard fermé et inquiet, à l'opposé de celui que lui connaissaient les élèves habituellement. En temps normal, il respirait la joie de vivre. Un esprit vif. Un homme droit, honnête et juste. À l'écoute.

« Mes enfants, une chose très grave s'est produite hier soir. Bien sûr certains d'entre vous sont trop jeunes pour comprendre, mais mon rôle est de vous en parler. L'ennemi est entré en zone libre et poursuit son avancée. Sans opposition. Toute la France, ou presque est soumise... »

Léon était impatient d'en savoir plus. Il interrogea son maître.

« Pour nous ici, au village, ça va changer quoi, Monsieur ? Que peut-il se passer ?

— Tu sais Léon, les régions que l'envahisseur occupe dans notre pays sont privées de tout. La nourriture, l'essence sont rationnées. Devant les rares magasins encore ouverts, les files d'attente se forment pour obtenir un minimum de subsistances. Certains font du marché noir, au péril de leur vie. Ils échangent des aliments en cachette. Quelques personnes dont les Juifs ou les Tziganes sont obligés de fuir, de gré ou de force. Les gens ne sortent plus quand ils le veulent, un couvre-feu a été ordonné. C'est la guerre ; même les civils ne sont à l'abri de rien. Nous, on a peut-être la chance d'être entourés de montagnes... »

Avec des mots simples, l'instituteur, hautement apprécié et respecté au village, tentait de rassurer ses petites têtes blondes qui n'avaient rien demandé. Il manifestait dans ses propos une hostilité évidente vis-à-vis de l'Allemagne.

« Et puis, on arrivera bien à les mettre dehors. Mais quand ? Et comment ? »

À Nistos, la plupart des habitants savaient, sans l'ébruiter, que Monsieur Abadie menait dans l'illégalité des actions contre le gouvernement du maréchal Pétain. Il était le représentant local du Parti communiste. Nombre d'enseignants, d'ouvriers, de jeunes étudiants avaient grossi les rangs de ce mouvement pour lutter contre la politique collaborationniste et la privation de libertés. Certains avaient même rejoint des groupements de résistants combattant l'envahisseur.

Tout le monde savait que ces *hommes de l'ombre* agissaient en toute clandestinité. Ils risquaient, en cas de dénonciation ou de rafle, d'être déportés ou pire, fusillés. Une guerre secrète, discrète.

« Prenez vos cahiers, nous allons faire un peu de calcul. Écrivez la date :

Jeudi 12 novembre 1942... »

Au-dessus du tableau noir trônait, comme dans toutes les salles de classe du pays, le portrait du maréchal encadré de la devise du gouvernement de Vichy : *Travail, Famille, Patrie.*

Dans les écoles de France, sous le drapeau de l'État français, en rangs serrés, il fallait entonner *Maréchal, nous voilà...* Des dissidents, comme à Nistos refusaient de se plier aux ordres du ministère de l'Instruction risquant ainsi des sanctions disciplinaires allant jusqu'à la révocation.

Même la figure du général de Gaulle aurait davantage plu à Monsieur Abadie. Mais il lui reprochait son exil à Londres et son manque de pugnacité envers l'envahisseur...

À la récréation, les grands reparlèrent du discours de leur maître.

« On les mettra dehors, dit le petit Juan. On va vous aider ; mon père, il a un fusil.

— Fichons-les dehors », s'écria une voix.

Daniel lui aussi donnait son avis.

Raymond, le fils Estourpe écoutait leur conversation.

Il prit sèchement la parole :

« De toute façon, le maréchal a raison, il faut éliminer certains parasites, il faut du travail pour les Français et les Allemands nous aident. Vive Pétain, vive l'Alle... »

Il n'eut pas le loisir de terminer, déjà Jo était sur lui et tous deux tombèrent au sol. Ils se donnaient des coups de poing, de pieds. Raymond saignait du nez. Autour d'eux, un cercle s'était formé, la vingtaine de garçons avait délaissé ses jeux de cour habituels... Cris et encouragements pour l'un ou pour l'autre rythmaient la salve de gifles qui fusaient.

Au calme, en classe, Monsieur Abadie corrigeait le calcul, sans doute au courant de l'altercation... Il ne bougea pas.

En tant que « doyen » de l'école, Léon s'obligea à intervenir. Il sépara les deux enfants.

« Vous n'arrangerez rien en vous battant. Et puis, l'exemple que vous donnez aux petits ! »

Léon était un pacifiste, une force tranquille. Il ne supportait pas la violence et son statut d'aîné le mettait à l'abri de toute réflexion, de toute invective.

Par contre, il se doutait bien que le problème n'était pas réglé, que Jo et Raymond se retrouveraient par là pour terminer ce qu'ils avaient commencé. La montagne était assez vaste pour s'expliquer un peu plus tard.

Et puis les familles ne s'aimaient pas beaucoup... Des histoires anciennes. Jalousies, héritages, prés en fermage...

Monsieur Abadie avait été curieusement absent de la scène. Une occasion de plus pour mettre au grand jour ses idées de résistance à l'ennemi.

La Résistance.

Jean Abadie avait eu des échos de ce mode de réaction en France, dans les massifs montagneux, propices à la réclusion. Dans le Vercors, le Massif central ou ailleurs. Les jeunes et les communistes franchissaient le pas et adhéraient à des mouvements confidentiels. Les tracts anti-allemands, les appels au refus faisaient l'objet d'une propagande qui s'organisait dans la presse clandestine.

Cachés dans la nature, épaulés par des populations acquises à leur cause, certains participaient à des actes de sabotage destinés à retarder l'avancée ennemie.

Après la classe et son travail de corrections, quand le temps le permettait, notre instituteur enfourchait sa bicyclette et rejoignait Jules Corrèges à Saint-Laurent. Une prise de risque évidente, une dizaine de kilomètres.

Un soir, par un ciel froid et blafard, une nouvelle lui réchauffa le cœur. Son ami lui apprit que des individus avaient fait sauter le poste d'aiguillage de la gare de Montréjeau toute proche. L'idée de savoir les Allemands à proximité le glaçait mais il constatait avec fierté qu'on leur tenait tête...

« Au moins, ça va sacrément les refroidir. Ils veulent surveiller toutes les frontières, ils craignent un débarquement et envoient des troupes un peu partout.

— Tu connais ceux qui ont fait ça ? Des gars du coin ? »

Jean semblait fasciné par ces actes de révolte.

« Je n'en sais rien. J'irai au marché jeudi, j'en apprendrai davantage. On dit aussi que bientôt, les jeunes seront obligés d'aller travailler en Allemagne. Dans des camps ou des exploitations agricoles. Ça s'appelle le STO, service du travail obligatoire. Prisonniers, à bosser pour le Reich*. Tu comprends bien qu'ils ne veulent pas quitter le coin. Je crois que certains se cachent déjà dans les villages ; les gens savent mais se taisent. Ils sont en train de s'unir et n'ont rien à perdre. Je crois que ça bouge, Jean. On va les pourrir ces Fritz ! Un jour ou l'autre, il faudra bien aider ces clandestins ; les nourrir, les réchauffer, les héberger. Est-ce qu'ils connaissent la région ? Tu sais, dans le Nord, les groupes communistes commettent des attentats et sont parfois dissimulés par les populations locales. »

Jules Corrèges, boulanger de son état, avait une haine de l'ennemi, un dégoût pour les conflits. Il détestait plus que tous les agissements lâches du gouvernement de Vichy. Membre du Parti communiste, il avait pris part à la résistance contre l'envahisseur nazi. En 1938, il avait combattu aux côtés des Républicains espagnols face aux troupes franquistes. Il avait été interné au camp du Vernet dans l'Ariège duquel il s'était évadé au début de la guerre.

C'était un homme de partage, fougueux et déterminé.

---

* Mot allemand. Territoire sur lequel s'exerçait la puissance d'un roi, d'un empereur.

Son métier lui permettait de côtoyer beaucoup de gens et de prendre des informations. Derrière son comptoir au magasin ou sur les étals des marchés, il questionnait, discutait, mais se méfiait de tous. La vie et son existence rebelles lui avaient appris à ne pas trop parler.

Le jeudi suivant, à Saint-Laurent, Jules apprit donc que deux jeunes, *Pistoule* et *Persillou* étaient spécialistes des explosifs et menaient des actions contre l'ennemi. Ce sont eux qui avaient commis cet acte qualifié par certains d'héroïque. Mais il fallait maintenant les cacher car ils risquaient gros.

Jean se promit de faire quelque chose.

La rencontre suivante entre les deux hommes allait être primordiale.

Jules allait demander au maître d'école de venir en aide aux jeunes réfractaires. Sur les flancs abrupts de la vallée, les forêts denses, la complexité des terrains et l'éloignement favoriseraient la création de poches de résistance. Il fallait soutenir la lutte, épauler ces groupes clandestins dans l'accomplissement de leurs actes de désobéissance.

Dans le Nistos, l'automne s'éclipsait et l'hiver se montrait chaque jour plus mordant. Les cimes limitrophes de Montaspet, Douly et Picarre, blanchissaient après chaque période de mauvais temps.

Noël arriva très vite.

Une période où chacun tentait d'oublier les difficultés quotidiennes. Cependant, en famille, on parlait beaucoup de ces actes de sabotage que certaines factions menaient en cachette. Non loin d'ici, des affrontements entre les ennemis et des bandes isolées alimentaient les discussions et chez les Seube, on n'aimait pas beaucoup les Allemands ni d'ailleurs le maréchal Pétain. Le père de Léon disait souvent que son fils devait avant tout penser à ses futures études.

Mais Georges Seube affichait une certaine sympathie pour ces mouvements déviants. Souvent, les discussions dérapaient au café du village. Le ton montait et les esprits s'échauffaient. Il y a peu, il s'était battu avec le père Estourpe. Le vieux Rumeau les avait tant bien que mal séparés... Estourpe avait un cousin qui agissait dans la milice*, un indicateur chargé de traquer les juifs et les communistes. Même si les habitants de ce recoin du bout du monde se sentaient bien loin de la guerre, la situation de la France déclenchait parfois des disputes et des tensions.

L'hiver, les activités extérieures étaient réduites, et les veillées au coin du feu permettaient de délier les langues.

La mauvaise saison lâcha prise et bientôt les troupeaux retrouvèrent le grand air et les estives, leur verdure.

Jean Abadie avait organisé des réunions confidentielles en vue d'aider ces « hommes du refus », ces jeunes rebelles qu'il fallait soutenir.

Il s'agissait de rester soudé, de se méfier des ragots.

Début juillet, l'instituteur et le vieux Rumeau montèrent avant le lever du jour aux granges de Lita** situées sous le col d'Estivère. Deux d'entre elles appartenaient à l'ancien combattant. La troisième était à l'abandon.

Sa jambe le faisait souffrir bien sûr, mais son enthousiasme le revigorait. Il voulait débarrasser la France des Allemands et, à sa manière, se rendre utile. Une sorte de vengeance.

« On va les bichonner tes petits protégés... »

Jean, toujours méfiant, ne pouvait qu'approuver les paroles de son vieil ami.

« Tu as raison mais il faudra jouer serré. »

Derrière eux, sur le petit chemin de buis, quelques hommes suivaient, silencieux. Parmi eux *Pistoule* et *Persillou*, pourchassés par les gendarmes depuis leurs actes qualifiés de crimi-

---

* Organisation policière de répression qui servait à arrêter les résistants, les juifs avant de les remettre aux autorités. Elle fut créée en 1943 pour « redresser » le pays. Elle était équipée d'un uniforme, armée et collaborait avec la police allemande. Elle participait à des actions de torture, à des assassinats.

** Lieu de granges. Ce mot provient de l'occitan, signifiant avalanche.

nels... Ils étaient accompagnés de jeunes en fuite. Des étudiants, des gens de la campagne et des ouvriers réfractaires au STO, service du travail obligatoire. Il y avait là *Pistache*, *Émile*, *Excuse*, *Popaul* ou *Roger le Menuisier* et d'autres.

Des pseudonymes, des noms de résistants.

Aucun d'entre eux ne voulait se plier aux règles pour aller travailler en Allemagne.

Arrivés à destination, après deux heures de marche, les jeunes découvrirent leur cache. Trois vieilles bâtisses en pierres de taille, au toit en ardoises et à la charpente bancale.

Un abri invisible, mangé par une végétation dense, masqué par des bouquets de hêtres et de bouleaux. Idéal pour se dissimuler dans la nature.

Le vieux Rumeau avait besoin de souffler. Son handicap le gênait mais il était excité à l'idée de participer à la Résistance.

« Vous êtes chez vous », dit-il, ému aux larmes.

Jean Abadie prit la parole, solennel.

« Nous avons choisi de vous aider, de vous cacher et de participer à notre façon, avec nos moyens, à vos actions. Bienvenue dans le maquis de Nistos ! Tous vos camarades seront les bienvenus. Désormais, vous m'appellerez Lustou..., je serai votre interlocuteur. J'ai des gens de confiance en bas, qui m'épauleront. Quant à vous, soyez discrets. On vous donnera dès que possible toutes les informations. Et puis il se peut que vous soyez rejoints par d'autres. Des questions ?... Dans l'immédiat, vous avez des provisions pour tenir quelques jours, la suite viendra bien vite. »

Le vieux Rumeau s'empressa de leur montrer la source. Une eau pure.

« Ne vous étonnez pas si vous entendez non loin d'ici des troupeaux. Ils ne viendront pas jusqu'ici. Ces prés ne sont plus utilisés depuis longtemps. Personne ne vous dérangera. Mais, tous vos déplacements doivent se faire de nuit. On ne sait jamais. La première habitation est à une heure trente de marche. »

Et avant de redescendre, Jean ajouta ces mots :

« Nous entrons en guerre, à notre manière, une guerre secrète... Il y a peu, un certain Jean Moulin a créé un conseil pour unifier les groupes de résistance. Tout se structure maintenant. À très bientôt. »

Les deux hommes semblaient à la fois fiers et soulagés. Ils disparurent bien vite à travers les buis.

Désormais, il faudrait être discret mais à l'écoute.

Ce jour-là, dans la plus grande confidentialité, fut créé l'un des foyers de résistance les plus importants du Sud-Ouest.

Le vieux Rumeau regagna la Courade pour se reposer. Une halte bienvenue dans un groupe de maisons à l'écart du village. Sa fin de nuit avait été bien remplie.

À son retour, Jean regagna son petit deux-pièces situé au-dessus de l'école. Il ne lui restait que peu de temps avant de rejoindre sa classe. Les grandes vacances étaient prévues dans quelques jours. Les écoliers les plus âgés iraient aider aux travaux de la ferme ; les foins, la garde des bêtes...

La cloche retentissait et déjà les élèves se rangeaient en silence devant la porte de la classe. Monsieur Abadie semblait très détendu. L'approche des congés bien sûr mais surtout le sentiment du devoir accompli et le début d'une nouvelle vie.

Celle d'un chef clandestin de la Résistance.

Désormais, il faudrait s'entourer de personnes de confiance. Le père de Léon, Georges Seube, était de celles-là.

Il serait chargé d'approvisionner le maquis en allant chercher de la nourriture à Saint-Laurent. Du pain chez Corrèges. Quant à ce dernier, ses relations lui permettraient de glaner çà et là des informations importantes sur les intentions ennemies. Il fallait organiser des actions pour déstabiliser l'adversaire.

Le temps passa. L'été, l'automne s'écoulèrent.

Le pays vivait dans une pénurie pesante, une tenaille, un étau qui agressaient les populations. Les régions reculées, éloignées des grands centres profitaient d'une autarcie évidente basée sur la consommation de produits locaux.

La vie était également rythmée par des actes de résistance davantage ciblés.

Attaques de convois, vol de matériels, déraillements de trains sur la ligne entre Tarbes et Lannemezan...

À l'opposé, des rafles étaient organisées par l'ennemi. En guise de représailles aux groupes d'opposition, les Allemands arrêtaient les réfractaires, les torturaient. La plupart ne parlaient pas. Mais ces disparitions tragiques n'entamaient en rien la détermination et l'entraide des populations locales.

Un soir, en cette fin d'un hiver long et rigoureux, Léon trouva étrange de voir son père quitter la maison à une heure tardive avec Pompon, le cheval de trait de la ferme. Sa mère, qui était dans la confidence, avait pour ordre de ne rien dire. Leur fils ne devait pas savoir que Georges aidait la Résistance. C'était trop dangereux.

Il décida de le suivre, surpris qu'il monte vers Estivère et les granges du vieux Rumeau. Un chemin familier. La bête semblait chargée de marchandises. Lorsque Georges Seube arriva près de la première bâtisse, il siffla ; trois coups saccadés. Un code. Aussitôt la porte de bois s'ouvrit et trois jeunes hommes sortirent. Ils semblaient se connaître.

Ils débarrassèrent rapidement les bâts de l'animal.

Léon reconnut des miches de pain, quelques fruits, un jambon et... des armes.

Il trouva étonnant de voir là un jambon, puisque la nourriture était rationnée, mais surtout, il comprit que l'heure était grave avec ces fusils dissimulés dans des sacs de pommes de terre.

Que pouvait faire son père ici, en pleine nuit avec des inconnus ?

Il essaya de fuir sans se faire remarquer. Mais dans cette obscurité, sans lune, sans visibilité, il trébucha sur une racine et tomba. Il se releva, boitillant.

« Qui est là ? » dit l'un des hommes

Léon, penaud reconnut, la voix familière de son père.

« C'est moi, papa, c'est Léon.

— Léon ? Mais enfin, que fais-tu là ?

— Je... Je t'ai suivi. Je ne dormais pas. Je t'ai entendu. Je trouvais bizarre que tu quittes la ferme à cette heure. Qu'arrive-t-il papa ? »

Georges, embarrassé mais soulagé que cet inconnu soit son fils, décida de tout lui raconter. Il lui présenta même les résistants. Leur nombre avait grandi et ils étaient maintenant une quarantaine, clandestins, qu'il fallait ravitailler souvent.

« Voilà Léon, tu sais tout. Il faut rester discret car en bas, personne ou presque ne connaît l'existence de ce maquis. Je crains que les langues ne se délient... J'ai très peur de certains. La milice ne fera pas de détails en cas de dénonciation. »

Léon se doutait de certaines activités politiques anti-allemandes de Monsieur Abadie mais était loin de s'imaginer que son paisible village abritait, dans le plus grand secret, des rebelles. Une armée de l'ombre.

Ayant laissé leurs « hôtes » se rendormir, ils redescendirent au village encore plongé dans l'obscurité de cette nuit d'encre. Léon souffrait de sa cheville mais la douleur semblait atténuée par cette découverte qui le remplissait de joie.

Il était fier de son père.

Ce dernier semblait au contraire tracassé que son fils, encore jeune, soit mêlé à ça. Ils arrivèrent au niveau des premières maisons sans avoir échangé un mot.

Léon se hasarda à entamer la conversation ; il connaissait maintenant les activités cachées de son père mais voulait aller plus loin.

« Papa, et si j'apportais moi-même le ravitaillement là-haut, la nuit, ni vu ni connu. Après tout, je suis mouillé dans tes combines maintenant... Et je connais le chemin par cœur ! »

Il fut surpris de la réponse.

« Alors tu seras le cinquième avec Monsieur Abadie, le vieux Rumeau, Jules Corrèges et moi bien sûr. Je crois ne pas avoir le choix. Pas un mot à ta mère ; je ne veux pas qu'elle te sache mêlé à tout ça. »

La maison semblait calme ; Émilienne Seube devait dormir encore et l'aube pointait. Dans une heure, il faudrait se relever pour la traite. Retrouver la bergerie et soigner les moutons. Malgré toutes ces nouvelles, la vie suivait son cours.

Bien sûr, Georges se doutait bien que dans le village, les gens savaient. Les habitants souhaitaient une vie tranquille, sans histoire, alors, ils ne parlaient pas, une sorte de communion avec la Résistance. Comme dans tous ces lieux reculés, une omerta régnait. Jean Abadie et ses amis pouvaient compter là-dessus. Mais, il fallait se méfier des dénonciations. Tous n'embrassaient pas la cause de ces « hommes du refus ». Le Sud était hostile à l'envahisseur, bien sûr, mais certains relents patriotiques et pétainistes habitaient ouvertement de nombreuses familles.

L'instituteur se rendait fréquemment à Saint-Laurent, à la poursuite d'informations. Jules Corrèges lui raconta qu'il se sentait épié, menacé. Il ne pouvait plus revenir en arrière. Au Lita, les hommes de l'ombre se faisaient de plus en plus nombreux et ils devaient compter sur eux.

Pourtant les activités de révolte tournaient au ralenti, les Allemands défendaient d'autres objectifs, plus au nord. En effet, des rumeurs de débarquement le long de la Manche ou en Bretagne cantonnaient les troupes là-haut.

Jules avait des contacts, il savait que le Conseil national de la Résistance avait été créé à l'initiative de Jean Moulin. Il fallait regrouper les réseaux, y associer les partis politiques pour préparer la Libération.

Entre les deux hommes, les discussions allaient bon train :

« Tu sais Jean, je me sens parfois suivi, espionné. À la boulangerie, j'ai eu plusieurs fois la visite de gendarmes et de miliciens en civil. Ils m'ont posé des questions sur mes activités, mes fréquentations... Je dois faire attention. Et toi, à Nistos ?

— Les hommes sont cachés à Lita et attendent des ordres pour mener des actions. Les Seube, père et fils continuent le ravitaillement clandestin, de nuit, avec ton pain et quelques moyens de subsistances récoltés par-ci par-là. Les gens aident tant bien que mal le maquis. Mais on se méfie de certaines familles là-haut aussi.

— Il ne faudrait pas exposer le jeune Léon. Dis-le à son père ! Je crois qu'on va se regrouper avec ceux d'Esparros, impliquer davantage de camarades pour faire diversion. Ce serait moins dangereux. Et puis on pourra multiplier les actions. *Pèpe* est d'accord et doit en parler aux autres. Il doit passer demain pour officialiser la fusion. »

François Dasque alias *Pèpe* était le charpentier d'Esparros et hébergeait des jeunes réfractaires au STO.

Jean semblait d'accord avec cette initiative.

« C'est sûrement mieux comme ça. En attendant, je vais prendre du pain et remonter, je ne peux pas rester plus longtemps.

— Deux jeunes de Montréjeau ont récupéré deux pistolets automatiques lors d'une attaque il y a deux jours, tu les feras passer aux gars là-haut. Mais attention au petit Seube, il est si jeune.

— À plus tard mon ami. Je te tiens au courant. »

Tard, Jean enfourcha son vélo pour regagner Nistos. Une dizaine de kilomètres le séparait de son logement. Il commençait à faire sombre. Par sécurité, il ne se déplaçait que la nuit. Quelqu'un pourrait découvrir son chargement, il pourrait être repéré, arrêté...

Mais, il était satisfait de ce projet de rapprochement tout en s'inquiétant de la tournure de l'affaire. La Résistance se structurait, le nombre des rebelles enflait et il faudrait faire face.

Son retour à vélo fut peuplé de réflexions de ce type...

Il ne rentra pas directement chez lui. Il devait d'abord passer chez les Seube, poser le ravitaillement disposé sur sa petite carriole.

Il siffla sous la fenêtre de Léon. Trois coups saccadés. Le code. La fenêtre s'ouvrit en produisant en léger grincement.

« Je descends » chuchota Léon.

Il devait être discret. Sa mère ne savait pas. Il agissait certains soirs et faisait bonne figure le matin sur les bancs de l'école après une nuit blanche à risquer sa vie... Mais il se sentait tellement utile.

« Bonsoir Léon. »

L'élève serra la main de son maître, en homme.

« Des provisions que *Julo* (Jules Corrèges) a préparées. Deux pistolets à donner à *Pistoule* et *Émile*. Ils ont un coup à faire... Fais attention Léon, tu sais les gens parlent, surveillent... On doit se méfier, en permanence.

— Très bien Monsieur, je vais faire attention.

— On est du même bord, appelle-moi *Lustou*.

— Alors, à tout à l'heure... *Lustou*. »

Ils se retrouveraient ce matin, en classe.

La mission de Léon se déroula sans encombre ; il y était habitué et là-haut, les hommes étaient devenus des grands frères. Certains étaient occupés près de la source et le moral était au beau fixe.

À peine redescendu, après la traite des bêtes restées à l'étable, Léon se rendit à l'école. Comme ces matins-là, Jean Abadie l'attendait, discrètement. Au moins, il savait que tout allait bien.

Dans la cour, les discussions allaient bon train...

« Mon père, il dit qu'il faut fusiller tous les résistants, la milice va les arrêter. »

Le jeune Estourpe parlait à d'autres élèves qui semblaient ne rien comprendre.

« Pas loin d'ici, des bandits gênent l'état et les Allemands, il faut les dénoncer. »

Léon resta à l'écart mais comprit que certains, même au village se livraient à une propagande inquiétante. Leurs idées étaient relayées par les enfants, dans l'enceinte même de l'école.

Le lendemain, en ce début mars 1944, comme prévu, le maquis de Nistos s'unissait à celui d'Esparros.

La Résistance allait prendre une tournure efficace, structurée mais parfois violente. Léon apprit que les deux pistolets avaient servi à tuer quatre Allemands au passage d'un véhicule sur la route de La Barthe.

D'autres actes avaient suivi qui contrariaient beaucoup les plans ennemis. Georges Seube ne parlait que très peu de tout ça avec son fils. Même s'il l'avait mêlé à cette histoire. Une fierté teintée de remords. Un jeudi matin, Léon n'avait pas classe, et, dans la bergerie à l'heure de la traite, il entama la conversation.

« Tu sais Léon, tu fais du bon travail... Je veux dire, pour la résistance. Mais, j'ai peur Léon, nous sommes surveillés, nous prenons trop de risques. L'affaire nous dépasse. Et... Je sens le piège se refermer. À Saint-Laurent, les gens parlent. *Julo* est soupçonné, il ne tiendra pas longtemps comme ça.

— Je fais attention père. Tu vois, je suis devenu la mascotte des gars de là-haut. Je me sens utile. Ils sont dans le besoin, il faut les soutenir.

— Léon, d'ici peu, d'autres hommes doivent arriver au Lita, des anciens de la guerre d'Espagne qui fuient le régime de Franco et veulent aider à la libération de la France. C'est bien, mais nous, on ne pourra pas faire face. Ils sont trop nombreux à se cacher.

— *Vivre libre ou mourir*. C'est écrit sur les affiches placardées dans les villages des Alpes. Là-bas, la Résistance est terrible. C'est Monsieur Abadie qui nous l'a dit, l'autre jour en classe. Il nous a aussi parlé de l'Affiche rouge*.

Tu sais le réseau Manouchian. On va les fusiller. Les Allemands l'ont placardée partout. »

Georges ne sut que répondre. Il sentait son fils tellement investi, mais trouvait que *Lustou* prenait de tels risques, emporté par sa haine de l'envahisseur.

---

* On y découvre le visage de dix résistants d'origine étrangère ayant pour chef Missak Manouchian, un Arménien. Sur cette affiche, placardée partout en France par les nazis, ils sont traités de criminels. Arrêtés en février 1944, ils seront condamnés à mort et exécutés peu de temps avant le débarquement.

Ils n'échangèrent que peu de mots ce matin-là. Ils se comprenaient.

Jean en avait profité pour aller sur le marché comme pour tâter le terrain et anticiper la suite des opérations. Il régnait une atmosphère étrange. Derrière l'étal de *Julo*, il fut surpris de trouver son frère, Lucien. Celui-ci donnait souvent un coup de main pour le ravitaillement de ceux de Montréjeau. Il était rarement présent à la boutique. Son air triste laissait entrevoir une mauvaise nouvelle.

« Ah Jean. Les miliciens sont partout. Ils traquent la population Ils contrôlent les identités, entrent dans les maisons. Des jeunes ont été frappés et embarqués. Sans doute dénoncés. Je ne sais pas où est Jules. Il n'était pas à la boulangerie ce matin, c'est pour ça que je suis là... Je suis si inquiet Jean. »

Lustou savait bien que son ami *Julo* risquait gros ; ces agissements étaient connus de tous.

« C'est terrible. On est dépassé Lucien, là-haut, ils sont plus d'une centaine, on ne fait plus face. On manque de tout. J'ai demandé des renforts au chef du réseau de Libération de la zone Sud. La compagne de *Popaul* devait transmettre le message. Ils sont en contact avec des officiers anglais. Je pense qu'on devrait organiser un parachutage de matériel et de nourriture. »

Non loin de là, dans une grange du Boilà, Jules Corrèges se retrouva dans le noir, pieds et poings liés, à bout de forces, le visage tuméfié. Quelques jeunes gisaient à ses côtés, raflés comme lui. Les miliciens locaux à la botte du sous-préfet de Bagnères les avaient laissés là en ce petit matin. Tous avaient subi une dénonciation. Ils allaient être interrogés, de nouveau torturés. On avait également appris que deux communistes d'Avezac en mission de reconnaissance avaient été abattus par des Allemands sur la lande de Lannemezan.

La milice investissait la plupart des lieux douteux ou reculés suite à des délations. On pourchassait les rebelles.

L'étau se refermait.

En même temps, les rumeurs d'un débarquement imminent enflaient.

L'excellente nouvelle fut confirmée par la TSF* au matin du 6 juin 1944. Les combats faisaient rage sur les plages de Normandie, sur lesquelles les troupes alliées avaient accosté.

La libération de la France était lancée.

Dans le Sud, cette offensive avait le don d'énerver les Allemands qui sentaient la bataille perdue. En se repliant vers le nord, des éléments incontrôlés commettaient des exactions insoutenables, pillant, tuant, incendiant certaines communes traversées. Les sabotages se multipliaient ; l'attaque d'un convoi ennemi avait fait trente morts, en même temps que les arrestations sommaires, les fusillades et les tortures. On se rendait coups pour coups. La population, dans son ensemble, avait pris fait et cause pour l'armée des ombres, pour ces combattants clandestins en route vers la liberté.

Aucune de trace de Jules.

À Nistos, les grandes vacances approchaient. Les enfants rangeaient, nettoyaient leur classe et les soirées étaient rythmées par les veillées au retour des travaux des champs.

Monsieur Abadie ne cachait plus son enthousiasme à la bonne tournure que prenaient les événements. Il l'expliquait quotidiennement à ses élèves. Des discours sur la liberté, la République, les dérapages des dictatures... mais aussi la paix des peuples et l'entraide.

De son côté, Léon n'arrivait plus à ravitailler seul les hommes du Lita ; son père avait été interrogé puis relâché et il avait beaucoup à faire dans les champs. Aux granges, certains résistants étaient partis, d'autres tués lors de missions dangereuses. Les échos du débarquement avaient cependant redonné le moral aux troupes qui avaient les pires difficultés à subvenir à leurs besoins.

---

* Abréviation de Télégraphie sans fil. Poste destiné à émettre et à recevoir des messages.

En ces premiers jours de juillet, la chaleur du matin enveloppait déjà le village. Jeannette, la compagne de *Popaul* déposa son vélo derrière l'école, à l'abri des regards. Elle savait que pendant les récréations, les enfants étaient occupés à jouer dans la cour. Jean lui, s'affairait à classer des dossiers dans son bureau. Un rituel de fin d'année scolaire. Elle frappa à la porte de derrière.

« Entrez.

— *Lustou* ? (La voix de l'inconnue semblait triste, hésitante.)

— C'est moi, mais qui êtes-vous ?

— Jeannette, enfin, *Mimi*, la compagne de *Popaul*. Je vous apporte des nouvelles... Je ne sais par où commencer. »

Elle semblait tellement émue.

« Ces nouvelles, elles ne sont pas bonnes, c'est ça ?

— Il faut que je vous dise... On a retrouvé le cadavre de *Julo* il y a trois jours, devant sa boulangerie. En pleine rue. Son corps était mutilé. Ils ont dû le torturer. Ils l'ont laissé là, comme un chien... Je le connais, il n'aura rien dit aux miliciens. À Saint-Laurent, les gens sont bouleversés. Ils en veulent aux gendarmes, aux Allemands, à la milice. On dessine partout des V de victoires, on sort les drapeaux français et les croix de Lorraine (symboles de l'unité nationale retrouvée).

— Nom de Dieu ! »

Jean ne jurait jamais. Jamais un mot plus haut que l'autre. Il s'affala sur sa chaise et se mit à sangloter.

« Mon ami, pourquoi lui ? Sans son aide, tout est perdu.

— Il y a autre chose... Son frère Lucien a été retrouvé, pendu dans sa grange hier matin. Il n'aura pas supporté le départ de Jules... »

Muré dans un silence involontaire, Jean ne put répondre à ces tragiques informations. Il devait se ressaisir, il restait le chef du maquis qu'il avait fondé avec *Julo* voilà un an.

« Veuillez m'excuser. Je suis sous le choc. Je vais organiser la suite des opérations. On doit couper la retraite des Allemands qui veulent rentrer chez eux. Je monte à Lita avec le jeune Léon dès ce soir.

— J'ai ensuite décodé un message provenant de l'état-major de l'aviation anglaise. Un Halifax de la Royal Air Force doit décoller le 13 juillet dans l'après-midi de Blida, en Algérie, avec sept hommes d'équipage à son bord. Il parachutera vivres et munitions dans la clairière, juste en dessous du Lita. Il doit ensuite ravitailler un maquis en Savoie. Je sais, c'est un peu tard mais...

— Il n'est jamais trop tard pour nous débarrasser définitivement de l'ennemi. Le 13, c'est dans une semaine ça... Je ferai allumer des fumigènes. »

La cloche annonçant la fin de la récréation tintait déjà. *Mimi* ne devait pas être vue ; elle prit congé et repartit aussi discrètement qu'elle était arrivée.

Jean était partagé entre désarroi et espérance. La perte d'êtres chers, ses compagnons du refus, l'appui des alliés et la liberté. Il se devait d'honorer sa fonction secrète. Contacter les Seube, remonter au Lita.

Le soir même, après la classe, il informa Léon et lui raconta tout. Notre jeune ami monta aux granges de nuit et rendit compte des nouvelles. La mort de *Julo*, le suicide de son frère plombèrent l'ambiance mais tous gardaient l'espoir du ravitaillement. Ils passèrent une soirée mitigée à manger des côtelettes.

Le mardi 13 marquait la fin des classes. Tous auraient des vacances bien méritées. Parmi les plus grands, Léon passerait son certificat d'études et quitterait la petite école. Il laisserait là son maître, Monsieur Abadie alias *Lustou*, devenu à la sauvette, son compagnon de résistance...

Dans l'immédiat, l'instituteur était surtout préoccupé par le parachutage. Au milieu de la nuit prochaine, il faudrait baliser la zone, discrètement, comme toujours.

Le village était occupé aux travaux des champs. Fauchage et ramassage des foins. Hommes et femmes, guillerets, préparaient le 14 juillet ; une fête nationale aux saveurs de triomphe.

Le vieux Rumeau déambulait, claudiquant dans la rue principale, hélant ceux qu'il rencontrait : « Victoire, victoire ! »

En cette matinée lourde et moite, le ciel s'était assombri et le vent du Sud-Ouest annonçait un changement de temps. À l'estive, les brebis cherchaient des abris. Très vite, les premiers éclairs zébrèrent le ciel au-dessus des crêtes. À deux mille kilomètres de là, l'Halifax de l'espoir allait quitter l'Algérie et décoller vers les Pyrénées.

Les Seube et *Lustou* avaient laissé les fumigènes aux emplacements prévus sous le Lita dans une petite clairière. Les gars devaient les allumer et attendre à partir de minuit. Par nuit claire, c'eut été un jeu d'enfant...

À l'abri des premières pluies, ils attendaient le moment. L'orage éclata en début de soirée, des trombes d'eau s'abattirent sur les forêts mais surtout une brume tenace accrochée aux flancs des montagnes empêchait toute visibilité.

Minuit. Sitôt remontés, trempés jusqu'aux os, nos trois héros rejoignirent les autres dans la clairière. Ils avaient embrasé les balises et tentaient de les maintenir actives malgré la forte humidité.

Le ciel était sombre et bas. L'attente insoutenable.

Comment un avion anglais pourrait-il parachuter des marchandises par un tel brouillard au cœur d'une zone inconnue ?

L'anxiété, la tempête n'incitaient pas à la parole. Soudain, malgré le renforcement du vent, le ruissellement continuel de l'averse sur les feuilles des hêtres encerclant la clairière, l'un des résistants sembla déceler un vrombissement. Léon reconnut la voix désormais familière d'*Émile*.

« L'Halifax, il a repéré nos feux. »

La brume épaisse ne laissait pas entrevoir la cuirasse du quadrimoteur. Seul un bruit assourdissant, là, quelques dizaines de mètres au-dessus de la hêtraie.

« Jean, il est trop bas, la forêt du Douly n'est pas bien loin J'espère qu'il sait où il va et qu'il va rectifier le tir... »

Georges était inquiet, il connaissait le terrain. Raides, face au Lita, les flancs du pic de Douly se dressent, impénétrables...

« Qu'est-ce qu'il fait ? » demanda un autre.

Plus rien pendant quelques instants. La tension était extrême. L'aide alliée vitale.

Le vacarme de l'avion se rapprocha, une deuxième tentative ? L'équipage avait-il distingué les repères lumineux ?

« Ils volent trop bas, c'est dangereux... »

Léon voulait hurler à l'Halifax de remonter, en vain.

Pas de largage. Rien et ce bruit qui s'éloignait. De nouveau.

Personne n'osait parler. Une impuissance commune.

Quelques secondes de calme puis...

Puis un fracas terrible, une vague lueur dans l'obscurité de cette nuit d'encre.

L'Halifax de l'espoir avait sans doute heurté les flancs du Douly et explosé sur le versant boisé de la montagne. Puis, plus rien.

Une tragédie. Tout s'effondra en quelques instants. La faute au mauvais temps. Si près du but.

Lustou semblait abasourdi.

Après avoir réuni les hommes à l'abri de l'une des granges, il prit la parole, ému.

« Camarades, l'Halifax s'est écrasé. Un malheur. Je vais prévenir *Mimi* dès que possible. On va continuer nos actions. Mettre dehors les quelques Allemands qui restent dans le coin. Attention mes amis, ils sont très énervés car les troupes alliées progressent dans le pays. Continuez vos missions. Nous devons redescendre pour ne pas éveiller les soupçons. Mais, malgré ce drame, la population reprend espoir. Ce soir, pour la fête nationale, le bal devrait être animé. À bientôt camarades. Nous remonterons demain avec des bergers, aidés de Georges et Léon pour retrouver la carcasse. »

Épuisés, les trois résistants regagnèrent le village tard dans la nuit.

Le lendemain, le mauvais temps persistant, la menace d'une rafle au village empêcha *Lustou* d'organiser les recherches.

Le soir même, les festivités pouvaient commencer... Amères pour la Résistance.

Le 17 juillet, par le plus grand des hasards et à la recherche de brebis égarées, René, un jeune berger du hameau de la Courade découvrit la carlingue de l'Halifax dans laquelle gisaient les corps sans vie de sept aviateurs.

Jean Abadie l'avait pressenti. Il se savait épié, traqué. Le deux août, suivi dans une ruelle de Saint-Laurent, surveillé depuis longtemps pas la milice, il fut interpellé mais tenta de s'enfuir. Il fut abattu aussitôt.

Avec sa mort, s'éteint le maquis de Nistos.

Les gars du Lita redescendirent en héros au village et les Seube retournèrent à leurs travaux des champs.

Trois jours plus tard, à La Barthe-de-Neste, de violents combats repoussèrent les Allemands vers le sud. Ceux-ci se replièrent sur Luchon d'où ils gagnèrent l'Espagne... La région était libérée.

Sur les flancs boisés du pic Douly, les dépouilles des sept alliés anglais et canadiens reposent désormais dans un cimetière sommaire, à une heure de marche. Au cœur d'une clairière cernée d'arbres endémiques. À l'abri. Un lieu de mémoire, de souvenirs.

Un hommage à « Ceux de Nistos », hommes de l'ombre qui ont œuvré à la libération de la France.

Un clin d'œil à d'autres Léon, jeunes du refus ayant, à leur manière, désobéi.

Épilogue

Chemins de traverse. Les travers du chemin.

Sans doute les guerres, les conflits ethniques ou génocides sont-ils à l'origine des migrations de l'Homme ; des fuites, des recherches de caches ou des rébellions...

Des résistants, dissidents, femmes et hommes de l'ombre ont écrit l'histoire de façon parfois ténue.

La situation des personnages rencontrés au fil de ces quatre récits occupe nos mémoires sur plusieurs décennies. Périodes troubles, chargées d'hostilités, habitées de tensions, de conquêtes et de montées de nationalismes à nos portes.

Une jeunesse rebelle peuplée de réfractaires, d'insoumis. Une clandestinité voulue.

Les habitants de Nistos, d'Aragnouet accueillant des déviants ou des réfugiés d'hier sont imités par des populations contemporaines qui aident les migrants après le passage de frontières... Une désobéissance civile.

Un chemin de traverse parsemé d'embûches. Une ligne brisée émiettée d'écueils mais porteuse d'espoirs. Une lueur.

Aujourd'hui, des hostilités larvées, des agissements douteux et des hégémonies non dissimulées agressent des peuples minoritaires dans de nombreuses régions du globe.

Ces journalistes prisonniers de geôles turques ou autres, ces Syriens fuyant une guerre civile menée sous une emprise dictatoriale, appuyée par des puissances étrangères, ces Kurdes à la recherche d'un territoire... L'existence des Ouighours cadenassée par la tyrannie des autorités chinoises.

Au cœur des montagnes proches de l'Italie, la vallée française de la Roya accueille des Syriens, Érythréens, Soudanais... venus du sud de l'Europe par bateaux. De maigres affaires, peu de bagages, des existences meurtries, cependant chargées d'espérance. Ici, dans ce recoin des Alpes-Maritimes, des citoyens entrent en résistance et tendent la main à ces clandestins. « *On ramasse les chiens mais pas les hommes* ». Certains les véhiculent, d'autres les hébergent. Parfois les mêmes. Un instinct naturel.

Une terre de répit et d'hospitalité. Une parenthèse. Assistance, sensibilité, humanités. Un sentiment de fraternité.

Souvenirs de luttes... Une culture de l'entraide. Des routes devenues trop dangereuses et surveillées, des policiers patrouillant, aux aguets. Comme autrefois, les passeurs empruntent les cols à pieds. Souvent de nuit. À l'abri...

Un sombre retour en arrière.

Le sort des réfugiés espagnols évoqué ici. L'exode forcé vers des contrées avenantes et des jours meilleurs.

Migrants italiens pourchassés à travers l'Alpe par des milices mussoliniennes.

Ruines, espaces ou témoignages fluets transpirent toujours de ces périodes troubles.

Une transpiration à évacuer, au grand jour. Une mémoire à éduquer. Un souvenir à honorer.

Plus jamais ça...

Avons-nous tiré les leçons de ce passé encombrant ? Balayé les scories de l'Histoire ?

Aujourd'hui, le chemin s'avère scabreux... La fuite est liée aux guerres civiles, aux massacres de populations quittant leurs pays en danger sous le feu des bombes, la menace de la torture, la douleur, les viols... ou l'odeur de la mort.

Fugues et clandestinités également synonymes de persécution pour opinion politique ou appartenance religieuse. Ou toute autre différence.

Tôt, un matin, devant le bol de café fumant, la radio fait état des accords de Malte. Quarante-neuf migrants recueillis à « se partager » entre la France, l'Allemagne, l'Italie ou l'Espagne.

Des familles à séparer.

Des âmes à déchirer.

Des vies à anéantir.

Des actions solidaires à mener.

Le chemin du Sud, celui de la Méditerranée, semble se perdre dans la volonté de certains États à boucler les frontières.

L'Italie a durci ses capacités d'accueil tandis qu'au sud de l'Espagne, l'Andalousie a élu une majorité politique réfractaire à la migration de l'Homme.

L'Aquarius, navire-symbole du secours aux réfugiés en perdition n'est plus autorisé à accoster dans les ports du sud de l'Europe. Sillonnant les eaux méditerranéennes, il venait en aide aux migrants désespérés, jetés à l'eau par des passeurs véreux et cupides.

Entre la France et l'Angleterre, la Manche est devenue l'un des passages migratoires les plus fréquentés. Dangers et difficultés décuplés au cœur d'un des trafics maritimes les plus denses de la planète.

Au centre du continent américain, les populations mexicaines, honduriennes ou vénézuéliennes fuient les difficultés économiques et la corruption vers un eldorado. Mais la frontière du rio Grande est devenue impénétrable. Et la volonté du gouvernement états-unien de construire un mur au seuil de son territoire...

Dans l'avenir, les observateurs prévoient un afflux de réfugiés climatiques. Cent cinquante millions de personnes, peut-être bien davantage d'ici 2050. Tournant le dos aux cyclones, à la montée des eaux ou toutes autres catastrophes naturelles associées au réchauffement de la planète ou aux caprices de la Terre (sécheresses, dégradation des sols, séismes).

Nombreuses seront les régions du Monde impactées par ce phénomène: Afrique sub-saharienne, Golfe du Bengale, Espagne du Sud...

Le voyage forcé de ces pauvres gens se fondra dans les villes... favorisant surpopulation ou ghettoïsation... Vers des terres d'accueil à la merci de passeurs mercantiles, au péril de leur vie.

La vie est semblable à une route, le plus souvent tortueuse et escarpée.

Les résistants, migrants, déviants, opprimés d'hier sont les clandestins, réfugiés et rejetés d'aujourd'hui.

L'Homme en détresse tente de s'inventer une terre promise, il est prêt à tout pour atteindre son but en ignorant les travers du chemin.

Rejet et clandestinité s'avèrent les reflets d'une triste actualité.

Le déplacement forcé de l'Homme, son accueil bienveillant seront sans doute les enjeux des années futures.

Et pour ne pas que les fous nous renversent
On prenait les chemins de traverse même
S'ils ne sont jamais les plus courts...
Francis Cabrel.

Table des matières

Achevé d'imprimer sur les presses
de l'imprimerie SEPEC à Péronnas dans l'Ain
en mai 2021.

Dépôt légal : 2e trimestre 2021.